나는
소아병동
터줏대감입니다.

나는 소아병동 터줏대감입니다.

초판 1쇄 발행일 | 2024년 4월 10일

저자 | 최은경
디자인 | 맨디디자인
펴낸곳 | 도서출판 라파엘
이메일 | raphaelbooks@naver.com
홈페이지 | https://blog.naver.com/raphaelbooks
정가 | 15,000원

ISBN 979-11-987115-1-9 (03810)

최은경

ENFJ. 정의로운 사회 운동가형

現 드라마 PD. TVN 노란복수초, MBC 심야병원, 남자를 믿었네, 내 손을 잡아, 금나와라 뚝딱, 훈장 오순남, 용왕님 보우하사 등 다수의 드라마를 연출했다. 이야기와 사람, 읽고 쓰고 생각하고 만드는 게 좋아 선택한 직업을 천직이라 여기며 살고 있다. 마음을 울리는 따뜻한 이야기, 위로의 한 마디를 건네는 햇살 같은 이야기에 심장이 뛴다.

목차

문이 열리는 순간,
마법이 시작되는 곳,
소아병동입니다.

문이 열리는 순간,
마법이 시작되는 곳, 소아병동입니다.

여행용 캐리어가 열린다. 신이 난 나는 가방 안에 바리바리 짐을 싸기 시작했다. 각종 장난감을 챙기며 상기된 나와는 달리 엄마는 내가 집어넣은 장난감을 하나씩 빼며 그 자리를 문제집과 피아노 악보로 채운다.

"엄마, 우리 장기도 해야지. 체스도 가져가자. 보드게임은 어때?"

"선우야, 너 피아노 연주회 한 달 남았어. 악보는 챙겼어?"

엄마가 뭐라던 대꾸 없이 계속 장난감을 집어넣는 내게 엄마가 한마디 한다.

"선우야, 너 이민 가니?"

빼곡한 아파트와 학원가에 둘러싸인 큰 건물, 아래엔 터널 위엔 산이 존재하는, 대도심 속 유일하게 시간이 멈춘 것 같은 곳. 엄마와 내가 그곳에 도착한 시간은 오후 5시, 일요일이라 5시에 모든 업무가 종료되면 출입문이 닫혀 나가지도 들어오지도 못하는 곳이란다. 더 일찍 오면 더 재밌는 것도 구경하고 좋았을 텐데 엄마는 도착시간을 최대한 늦춰가며 꾸물거렸다. 난 몸만 한 캐리어 두 개와 최애템 얼룩무늬 크록스를 장착하고 이곳에 입성했다. 1층 원무과 아저씨가 주시는 멋진 팔찌를 팔에 차고 나니 아저씨가 말했다.

"2동 4층, 54병동 1403호로 가세요."

4층 엘리베이터 문이 열렸다. 복도에 선 순간 굳게 닫힌 병동 문이 보였다. 엄마가 팔찌를 가리키며 출입문 바코드에 대라는 시늉을 했다.

'오. 이건 내가 또 전문이지. 슉~!'

마법과도 같은 주문 '슉~.!' 소리와 함께 팔찌의 바코드가 제대로 인식됐는지 문이 열렸다.

'이럴 수가.'

문이 열린 순간 눈 앞에 펼쳐진 신세계. 바로 보이는 간호사 데스크, 그 뒤로 보이는 처치실과 비품실, 간호사 휴게실. 오른쪽과 왼쪽으로 길게 나 있는 복도. 종종 엄마 따라 병원에 오면 그렇게 들어오고 싶었건만 출입이 제한됐던, **이곳은 소아 병동이었다.**

문이 열렸다. 컴퓨터 모니터 위로 미어캣처럼 고개를 들어 우리를 반기는 간호사 쌤들. 도레미파솔. 건반이 쳐지듯 한 명씩 고개를 들어 나를 바라봤다. 맨 뒤, 나이가 제일 많아 보이시는 쌤이 내게 다가와 웃으며 인사를 건네셨다.

"안녕. 네가 선우지?"

그분은 간호사쌤 중 제일 대장 쌤인 수 쌤이라고 했다. 대장 수 쌤은 마른 몸과 작은 키에 안경을 썼고, 웃는 얼굴이 어려 보여 마치 신생아 같았다. 하마터면 "맞지. 내가 선우지." 반말이 튀어나올 뻔했다.

그런데 갑자기 등장한 거대 그림자. 미어캣이 아닌 미쉐린 타이어 근육맨이다. 떡 벌어진 어깨와 두꺼운 팔다리, 큰 키에 짧은 머리를 한 쌤이 마쉬멜로우맨처럼 저벅저벅 걸어왔다. 송금목 쌤이란다. 나도 모르게 차렷하고 방어 태세를 취했다. 누가 봐도 서열 2위, 건장한 송금목 쌤은 군인보다 더 씩씩한 굵은 목소리로 말했다.

"8601520 강선우!! 반가워. 자, 이제 선우는 선생님 따라 병실로 가볼까."

엉거주춤하고 있던 나와 엄마는 독일 병정처럼 이끌려 어디론가 갔다. 정신을 차려보니 1403호. 군인 같은 송금목 쌤이 우리를 1403호로 안내했다.

잔병이 많았던 나는 이 병원 단골이었다. 재작년 여름, 엄마와 난 흉부외과 진료를 봤다. 흉부외과 명의 자수성 교수님. 흉부외과에서 수술을 제일 잘하는 "명의"라 했다. 심장, 폐, 어린이 오목가슴 수술을 전담하는, 세상에 몇 없는 훌륭한 쌤이라고 했다. 쌤은 작은 얼굴과 빨간 양볼, 통통한 몸의 비둘기를 많이 닮았다. 1층 병원 밖 공원에 항상 모여 있는 비둘기. 날이 추우면 몸을 부풀려 안락하게 햇볕에서 쉬고 있는 비둘기. 엄마가 제일 싫어하는 비둘기랑 너무 비슷해 난 종종 비둘기를 자수성 교수님이라고 불렀다. 엄마는 처음부터 비둘기를 싫어하기도 했지만 내가 이후 여러 번 수술하게 되면서 교수님을 닮은 비둘기들을 더욱 싫어하기 시작했다. 난 기겁하는 엄마가 재밌어 일부러 1층 병원 밖을 나가 "비둘기들아, 우리 엄마한테 와라."하고 온갖 비둘기들을 모았다. 엄마 놀리는 재미가 쏠쏠했다.

검사 후, 교수님은 오목가슴인 내 가슴에 너스바를 넣자고 했다. 쌤은 다시 잡은 1년 후 외래에서, 흉곽을 들어 올리는 수술을 반드시 해야 한다고 했다. 엄마와 교수님이 작은 목소리로 쑥덕쑥덕 뭔가를 꾸미고 있는 것 같은 불길한 느낌이 들었다. 엄마는 1년도 더 남은 수술 날짜를 그 자리에서 바로 잡으셨다. 만약 수술이 얼마나 아플지 미리 알았더라면 절대 안 했을 것이다. 태어날 때부터 가슴 중앙이 아기 주먹 하나가 들어가게 태어난 나는 흉곽이 들어가 폐와 심장이 눌려 유난히 감기가 잘 걸리고 숨이 많이 차서, 뛰는 게 불편한 아이였다. 빼도 박도 못하게 수술 날짜가 잡혀버렸다.

날이 추워지고 수술 날짜가 가까워졌다. 비교적 회복이 빠른 수술이라 해서 퇴원 후 있을 성탄절 피아노 콩쿠르에 참가 신청을 냈다. 몇 달 전부터 피아노 쌤과 연습을 했고, 콩쿠르에 친구 정현이를 초대할 생각이었다. 초등 1학년이 끝나가는 지금까지도 단짝이 없는 나는, 그날 꼭 내가 단짝이 되고 싶었던 정현이를 초대해 멋진 내 모습을 보여주고 싶었다. 엄마는 매일 오늘은 학교에서 누구랑 무슨 얘기를 했냐, 드디어 단짝을 만들었냐고 물었다. 난 엄마에게 매일 내일은 꼭 용기를 내 단짝을 만들겠다고 씩씩하게 말했다. 학교에서 누구와도 어울리지 못해 늘 혼자 앉아 있는 내가 안쓰러운 건지 엄마는 누구보다 내게 단짝이 생기길 바랐다. **단짝이 생기길 바라는 건 엄마보다 내가 더 간절한 건데, 가끔 엄마가 그걸 잊고 있는 듯했다.**

피아노 학원에서 피아노를 치면 친구들이 잘 친다고 말을 걸었다. 피아노를 더 열심히 연습했다. 엄마는 피아노, 축구, 공부를 잘하면 내게 단짝이 생길 거라 했다. 난 12월 달력 성탄절에 빨간 색연필로 대왕별을 그리고 "연주회"라 적었다. 엄마 말대로 수술을 하고 나면 가슴에 넣은 너스바가 나를 천하무적 용기맨으로 만들어 줄 것 같았다. 내게 용기도 주고 친구도 만들어 줄 수 있는 무적의 수술이라니. 아픈 것은 좀 걱정되지만 기대가 되기도 했다.

"선우야, 수술 그렇게 많이 안 아프대."

엄마는 불안해하는 내게 수십 번 말했고 나는 "진짜 안 아픈 거 맞지? 너스바 넣으면 음바페보다 더 빨리 달리는 거 맞지?"라고 매번 물었다. 엄마는 수술하면 아이언맨처럼 멋있어지고 튼튼해져 축구 선수 킬리안 음바페보다 더 빨리 뛰고 축구를 잘 할 수 있다고 얘기했다. 난 결국 엄마 말에 넘어갔다. 입원 며칠 전까지 밤마다 가슴에 빛나는 너스바를 넣고 아이언맨처럼 축구 구장을 뛰어다니는 꿈을 계속 꿨다. 피아노를 잘 치고 정현이가 박수치고 또 다른 단짝들이 생겨나는 꿈도 꿨다. 조금 무섭긴 했지만 잠깐만 아픈 걸 참으면 용기맨이 될 수 있다니 신이 나기 시작했다.

1403호는 1인실이었다. 환자용 침대, 보호자 소파, 화장실과 내가 좋아하는 작은 냉장고와 TV, 그리고 아파트와 도로가 보이는 병원 창문이 있는 곳. 이곳에서 일주일을 보내는 거다.

"오. 여기 딱 맘에 드는데."

난 엄마에게 병실은 봤으니 병동 밖을 구경하고 싶다고 했다. 그러자 엄마가 말했다.

"잠깐, 선우야, 여기 환자복부터 갈아입어. 이제 이거 입어야 한대. 다 입고 짐 정리할 동안만 잠깐 다녀와."

환자복을 입고 크록스를 신었다. 하얀색에 병원 이름이 잔뜩 쓰여 있는 이상한 옷을 입은 순간 생각했다.

'나 진짜 이상한 나라에 온 것 같아.'

병실 문을 열고 병동으로 나갔다.

'이제 좀 천천히 병원을 둘러볼까.'

문을 연 순간 아깐 긴장해서 안 들렸던 소리가 밀려온다. 강릉 경포대 겨울 바다의 거친 파도 소리보다 더 크게 밀려닥치는 소리. 큰 파도가 나를 집어삼킬 것만 같았던 그날처럼 아이 우는 소리, 할아버지와 엄마를 부르는 소리, 주사 안 아프니 잠깐만 따끔하자고 설득하는 간호사 쌤 소리가 한꺼번에 밀어닥쳤다. 그리고 보이는 사람들. 긴 복도에 돌아다니는 같은 환자복을 입은 흰색의 아이들과 어른들. 파란 유니폼을 입은 간호사 쌤들. 긴 복도는 하얗고 길게 뻗어 있었고 사람들이 그 작은 복도 안을 레고 블록처럼 걸어 다니고 있었다.

간호사 데스크가 중앙. 오른쪽 복도는 어린이 병동, 왼쪽 복도는 산부인과 병동. 오른쪽 병동 끝엔 창문이 있고 아파트들이 보였는데 창문에는 "두려워 말라. 내가 너와 함께할 것이다."라는 글자가 있었다. 왼쪽 복도 끝은 분만실로 아기를 낳는 곳이라 했다. 그리고 보니 왼쪽 병동엔 주로 배가 풍선만큼 부르거나 아기를 낳고 잘 못 걷는 여자 어른들이 있어 조용했고, 오른쪽 병동은 항상 아이들로 시끌벅적 바글바글했다. 전혀 다른 두 세계가 한 곳에 있었다.

새하얀 소아병동은 온통 하얀 세계였다. 문득 병동에 크레파스로 그림을 그리고 싶단 생각이 들었다. 간호사 데스크엔 푸른 풀과 탐스러운 과일나무를, 하얀 복도 양쪽엔 꽃잎이 날리는 꽃나무와 작은 들꽃들, 복도 끝엔 동물들이 지나가다 쉴 수 있는 작은 폭포와 옹달샘, 병실에는 자신이 좋아하는 나무와 야채들을 그려 넣는 거다. 그런 생각을 하다 보니 갑자기 환자들과 간호사 쌤이 하나씩 동물로 바뀌기 시작한다. 미어캣 간호사 쌤들과 하얀 옷의 환자들은 평화로운 초식 동물들로 변한다. 기린과 나무늘보, 사슴, 앵무새, 토끼와 다람쥐. 상상의 그림들이 더해질 때마다 숨통이 트였다.

보다 보니 재밌는 걸 발견했다. 초원 같은 이 세계에도 규칙이 존재한다는 거다. 긴 복도지만 폴대와 휠체어를 끌고 다녀야 했기에 누가 말하지 않아도 좌우 통행이 잘 지켜지고 있었다. 산부인과 어른들은 오른쪽, 어린이 병동 아이들은 왼쪽을 지키며 나름대로 신호등도 없는 병동 산책로를 서로 부딪치지 않게 걸어 다니고 있었다. 심지어 병동 끝에 사람들이 쉬고 있으면 그걸 방해하지 않게 조용히 유턴. 학교 앞 20km/h의 제한 속도처럼 나름의 규칙을 지켜가며 함께 살아가는 곳이었다. 난 속으로 중얼거렸다.
'생각보다 재밌는 곳 같은데.'

어린이 병동엔 양쪽으로 서로 10개씩, 20개의 병실이 있었다. 1인실, 2인실, 5인실, 6인실까지 다양한 형태의 병실이었다. 병실 앞엔 병실 번호와 함께 환자 이름 강선*과 담당 교수 자수성 이름 등이 있었다. 몇 군데 이름이 빠진 걸 빼고는 대부분 병실이 꽉 차 있었다. 내 옆 병실 1404호엔 "김정*"이 있었고, 그걸 본 난 신이

나기 시작했다.

'혹시 정현이가 여기 왔나.'

우리 반 김정현. 정현이가 혹시 이 병원 내 병실 옆에 있을까 봐 난 가슴이 두근거리기 시작했다. 신이 난 나는 모든 병실을 돌아다니며 이름을 읽기 시작했다. 1407호 "김소*"

"엥? 설마 김소윤도 여기에 온 건가."

1415호 "정윤*"

"오호. 폴리 다니는 정윤건도 여기 온 거야?"

신나게 두리번거리며 안에 친구들을 확인하려는데 이럴 수가. 5인실이나 6인실이 아니면 대부분 병실 문은 굳게 닫혀 있었다. 5~6인실 커튼 사이로 보이는 아이들 얼굴은 아무리 목을 빼고 봐도 잘 보이지 않았다. 다들 왜 그렇게 커튼을 열심히 쳐놓는지 안이 궁금해 목을 빼다 보니 기린이 될 것 같았다. 그때 들리는 누군가의 울음소리. 귀가 쫑긋, 눈이 반짝했다.

'이런, 저쪽에서 소리가 들리는군.'

나는 재빨리 소리가 들리는 간호사 데스크 쪽으로 달려갔다. 간호사 데스크 옆에 있는 처치실. 난 처치실 앞에 보이는 무언가에 얼음이 되어 버렸다. 바닥에 떨어진 동그랗고 붉은 피. 한 방울, 두 방울….

'...!! 이건 뭐지.'

핏방울이 간호사 데스크에서 처치실로 이어졌고 시선을 들어보니 처치실엔 두 명의 간호사 쌤과 6살쯤 되어 보이는 어린 여자 아이와 엄마가 있었다. 간호사 쌤들은 주사를 안 맞겠다는 아이 팔을 잡고 실랑이하고 있었다.

"서이야, 진짜 따끔 한 번만 하자. 우리 서이, 빨리 낫고 집에 가야지."

"싫어…. 앙…. 우왕…..싫…..다...고.!!! 아….."

울고불고하며 소리 지르는 아이에게 온갖 방법이 다 구사되었다.

"서이야. 이거 젤리 두 개 줄게. 맛있게 냠냠 하고 금방 한 번만 따끔하자."

"싫다고…. 진짜. 엉…. 엉…."

많이 울어서인지 눈이 짓물러 눈이 잘 보이는 아이, **키가 작고 약해 보이며 산발 머리가 얼굴을 다 가리고 있는 아이 이름이, 서이라 했다.** 동그란 얼굴이 귀여운 양배추 인형을 닮았는데 꼭 못난이 삼인방 중 울고 있는 초록색 못난이 인형 같았다.

'왜 저렇게 울지? 선우 오빠가 가서 도와줄까.'

엄마는 힘든 사람들이 보이면 꼭 도와야 하고 그냥 지나가면 똥매너라 했다. 어쩔 줄 몰라 엉거주춤 서 있는데 누군가 군인 같은 목소리로 속삭였다.

"8601520 선우! 병실로 돌아가. 여기서 구경하고 있으면 안 돼…."

어느샌가 미쉐린 송금목 쌤이 허리춤에 팔을 얹고 나타난 것이다. 근육 팔이 반짝 내 눈에 들어왔다.

'헐, 미쉐린 쌤이다. 저 대왕 팔에 맞으면 큰일 나겠네.'

얼른 알겠다고 말한 후 난 병동 끝으로 멀찌감치 슝 도망갔다.

'잠시 여기서 피해야지.'

병동 구석 창문에 와 송금목 쌤의 관심사에서 멀어졌다고 느낄 무렵, 다시 창문 위 글자가 보였다.

'두려워 말라. 내가 너와 함께할 것이다.'

무슨 말인가 싶어 창문의 글자를 뚫어지게 보고 있을 때 누군가 내 옆에서 또다시 말을 걸었다.

"안녕, 너 이름이 선우지?"

고양이 귀 모양의 머리띠를 한 남자애 하나가 내게 말을 걸었다. 순간 당황한 난 나도 모르게 움찔 놀라 벽에 붙어 버렸다. 큰 눈과 올라간 입꼬리가 '나 완전 까불이'라 말하고 있었다. 폴대 없이 가볍게 걸어 다니는 모습을 보니 엄마가 말하던 '날가루 환자'이거나 나처럼 소아병동 신입 또는 퇴원 예정 환자인가 하는 생각이 들었다.

"반가워, 난 은도형이야. 진짜 반갑다 옹.! 히히."

'어떻게 내 이름을 알았지….'

난 갑자기 나타난 저 까불이가 내 이름을 어떻게 알았는지도 궁금했고, 말투는 또 왜 저런지 궁금했지만, 입 밖으로 말이 나오지 않아 눈만 끔뻑이고 있었다.

"선우야, 너 내가 너 이름 어떻게 알았는지 궁금하지?"

'내 맘이 들리나? 눈치가 엄청 빠른 애네.'

내가 아무 말도 못 하고 있는데 도형이는 또다시 떠들어댄다.

"난 여기 소아병동 완전 터줏대감이야. 그래서 모르는 게 없어."

'통 뭔 소리를 하는 건지.'

어리둥절한 내 표정을 보더니 도형이는 계속 떠들었다.

"너 터줏대감이 뭔지 모르지? 킥킥. 나중에 너 엄마한테 물어봐. 여하튼 진짜 반갑다 옹."

창문 밖에 저녁노을이 지고 있었다. 온통 붉은 노을이 병동 창문을 물들이고 있었다. 난 나도 모르게 붙어 버린 병동 창문에서 아주 조금씩 몸을 떼기 시작했다. 깜빡이 없이 들어온 도형이의 등장이 왠지 모르게 병동 생활을 즐겁게 만들 것만 같았다. 저녁노을이 갸름한 도형이의 얼굴에 묻어 당근 같다는 생각을 한 순간, 도형이가 갑자기 손에 들고 있던 핸드폰을 내 얼굴 가까이에 가져와 또다시 날 움찔하게 했다.

"선우야, 내가 키운 고양이 보여줄까? 진짜 귀엽다 옹. 히히"

다짜고짜 내게 내민 휴대전화 화면에는 도형이를 정말 닮은 귀여운 하얀 고양이 한 마리가 있었다. 흰 고양이 밑으로 에너지 50, 레벨 2의 '친구가 필요해'라 쓰여 있었다. 고양이 키우기 게임 같았는데 레벨 2가 뭔지는 모르지만, 새끼 고양이가 포동포동한 모습으로 상자 속에 담겨 얼굴만 빼꼼 내밀고 있었다. 화면 가운데는 레벨, 에너지 등급이 쓰여 있고, 밑에는 밥 주기와 놀아주기 아이콘, 위에

는 출석하기, 매일 미션, 보너스 미션, 보관함, 친구 찬스 아이콘이
있었다. 도형이는 화면 속 고양이 모습을 따라 하며 나에게 손을 흔
들며 "반갑다 옹. 냐옹냐옹…." 이라며 킥킥대며 고양이 흉내를 내
고 있었다. 어쩔 줄 몰라 하는 내 표정이 더 재밌는 듯 도형이는 계
속 고양이 흉내를 냈다.

"선우야, 너 핸드폰 있어?"

"…아니…."

기어들어 가는 목소리. 내가 처음으로 용기 내어 대답했다. 그러
자 도형이는 "없어도 괜찮아. 너희 엄마 핸드폰이나 네 탭을 쓰면
돼." 무슨 말인가 싶어 계속 도형이를 쳐다보고 있는데 도형이가 말
했다.

"실은… 내가 너한테 부탁이 있어."

도형이는 내게 더 가까이 다가와 귓속말로 속삭이기 시작했다.
그렇게 한참 동안 쑥덕쑥덕 내용을 설명하더니 도형이는 다시 내
눈을 보고 말했다.

"어때? 나 대신 네가 고양이 게임을 하는 거야. 어렵지 않지? 내
부탁 들어줄 수 있어?"

잠깐의 정적. 이후 말없이 끄덕이는 내게 도형이는 다시 이야기
한다.

"그리고 두 가지 더 지켜야 할 게 있어. 첫째, 내가 오늘 한 부탁
은 절대 비밀로 하기. 둘째, 오늘부터 시작해 반드시 크리스마스이

브까지 끝내기."

그렇게 어려운 부탁은 아닌 것 같아 또다시 고개를 끄덕이는 내게 도형이는 정말 기쁜 표정으로 말했다.

"선우야. 정말 고마워. 네가 내 부탁을 들어주면 나도 꼭 너한테 크리스마스 선물로 보답할게. **나… 네가 여기 오기를 오랫동안 기다렸어.**"

'엥? 크리스마스 선물을 준다고? 그거 좋은데. 근데 내가 오길 오랫동안 기다렸단 말은 또 뭐야?'

도형이가 하는 말이 무슨 소린지는 잘 이해가 안 됐지만 난 왠지 모르게 도형이의 단짝이 될 것 같은 생각에 설레기 시작했다. 내 앞에서 날 보고 환하게 웃는 도형이의 미소에 내일 할 수술 걱정이 날아가 버렸다.

"선우야, 그럼 내가 너한테 여기 병원 소개해줄까? 난 모르는 게 없다고 했잖냐 옹. 냐옹."

내가 뭐라 대답을 하기도 전 도형이는 나를 앞지르며 신나게 걷기 시작했다.

"1404호 김정현. 김정현은 췌장암. 44일째 지금 병원에 입원해 있어. 1407호 김소윤, 소윤이는 너랑 동갑 8살. 다리가 아파서 입원했고 1415호 정윤건은 심장 수술, 그리고 처치실에서 맨날 우는 김서이는 폐렴, 몸이 약해 서너 달에 한 번씩은 꼭 입원해."

도형이가 더 설명을 이어 나가려고 간호사 데스크 쪽으로 가고 있는데 처치실에서 미쉐린 송금목 쌤이 나오려 했다. 아이코, 도형이와 나는 재빠르게 병동 문을 열어 밖으로 나왔다. 닫히는 문밖으로 "강선우!!" 엄마 목소리가 들리는 듯했다. 나도 모르게 4층 열린 엘리베이터 문에 빠르게 올라 "오예!" 소리를 친 후 황급히 엘리베이터 문을 닫았다. 엘리베이터 문 사이로 저 멀리 병동 문까지 날 찾으러 나온 엄마 얼굴이 언뜻 보이는 것 같았다.

문이 닫혔다. 닫힌 엘리베이터 안엔 도형이와 나 둘뿐이었다. **우린 순간 웃음이 터져 나와 서로를 보며 말했다.**

"오. 예쓰!"

도형이는 내게 지하 1층을 누르라고 했다. 지하 1층 엘리베이터 버튼을 눌렀다.

'허~레이~~!, 뭔가 신나는 모험이 시작되는 것 같은데.'

세상에서 제일 재밌는 게 몰래 하는 불장난이라고 어떤 선생님이 얘기해줬는데 8년 만에 처음으로 엄마 몰래 한 탈출이라니. 이렇게 꿀잼인 줄 알았더라면 엄마한테 학교 등하교도 혼자 한다고 하고 모닝 문방구로도 새고, 놀이터로도 새고 할 수 있을 것만 같았다. 쫄보인 내 옆에 도형이가 있으니 뭐든 할 수 있을 것만 같았다.

지하 1층 엘리베이터 문이 열렸다. 지하 1층의 곳곳을 돌아다니며 도형이가 장소들을 설명해줬다. 주말이나 병원 문 닫는 시간 이후 유일하게 바깥을 나갈 수 있는 출입문이 바로 이곳 지하 1층 밖에 없다고 했다. 지하 1층엔 빵집, 커피숍, 편의점, 푸드코트, 직원

식당, 응급실이 있었고 1층 출입구 앞엔 시간 외 출입을 철저하게 막는 경비원 아저씨들이 계셨다. 도형이랑 나는 경비원 아저씨 어깨 너머로 보이는 출입문을 쳐다봤다. 또다시 말없이 눈 찡긋. 신호를 보냈다. 아무 일도 없는 것처럼 회전문을 지나 병원 밖을 나왔다. 회전문 옆에 '입원환자와 상주 보호자는 외출을 삼가시기 바랍니다.'라고 쓰여 있었다. **회전문이 돌아가면서 보이는 글씨가 자연히 사라지면서 우리는 드디어 병원 정문으로 나왔다.**

어둠이 내려와 어느새 밤이 되고 있었다. 병원 앞 택시 승강장과 도로 앞에는 밝은 불빛들의 차들이 쌩쌩 달리고 있었고 바로 앞 아파트에는 불이 켜지기 시작했다. 말없이 잠시 뚫어지게 아파트를 바라보고 있었던 것 같았다. 도형이가 침묵을 깨며 말했다.

"저기 109동 보이지? 15층 저기가 우리 집이었어…."

도형이 손가락이 가리키는 곳을 보니 불이 꺼진 15층이 보였다.

"엥? 너희 집이었다고? 그럼 지금은 안 살아?"

"응. 지금은 안 살아. 이사 갔어."

"어디로 갔는데? 우리 집은 여기서 40분 걸리는데 너도 먼 데로 간 거야?"

도형이는 대답 없이 갑자기 왼쪽으로 방향을 틀었다. 또다시 묻지 마 진격이 시작됐다. 도형이 뒤통수에 대고 내가 소리쳐 물었다.

"도형아~~어디 가는데…!!"

대답도 없는 도형이가 멀리 사라지는 것 같아 나는 급하게 달리기 시작했다. 한참 뛰어서야 도형이를 따라잡은 나는 다시 물었다. 암만 봐도 야외 주차장엔 야산밖에 없었다.

"여기부터가 나만 아는 산책로, 프런티어즈 로드야."

"뭐라고?"

"너 영어 학원 안 다녀? Frontier's Road라고. 내가 발견한 길인데 너한테만 알려주는 거야. 고맙다고 말해냐 옹."

고맙다고 말하라니, 온통 시커멓고 아무것도 없는 주차장을 보고 왜 고맙다고 말하라는지 이해가 되지 않았다. 여전히 도형이는 직진 모드였다. 주차장을 가로질러 병원 후문 밖. 병원 후문 밖을 나서니 작은 골목길이 나왔다. 병원 철조망을 지나 몇 걸음 안 걸었을 뿐인데 오마이 입틀막. 새로운 세계가 펼쳐졌다.

골목엔 천사 날개 같은 벽화들이 그려져 있었다. 12월을 앞둔 이른 크리스마스트리와 불빛들이 반짝반짝 골목을 비추고 있었다. 바로 옆 삭막한 병원과 비교되는 너무 아름다운 반짝거림이었다. 첫 번째 벽화는 천사 날개, 두 번째 벽화는 루돌프와 산타클로스, 세 번째 벽화는 산타의 선물 꾸러미였다. 도형이와 나는 천사 날개에 팔을 갖다 대고 낄낄대며 웃었다. 천사의 날개에 붙은 전구가 알록달록 빛나고 있었다. 도형이는 산타클로스와 선물 꾸러미 벽화를 보며 얘기했다.

"나 작년에도 여기 혼자 왔어. 여기 선물 그림 보면서 나도 선물 달라고 기도했는데 그때는 못 받았거든. 엄청 슬펐어."

"왜? 진짜 아무 선물도 못 받았어?"

환하게 웃고 있지만 그런 말을 하는 도형이가 안쓰러웠다.

'난 작년에 축구 유니폼 선물 받았는데.'

작년 크리스마스에 눈을 떠보니 내 머리맡에 음바페의 축구 유니폼이 있었다. 난 정말 뛸 듯이 기뻤고 도형이가 눈을 떴을 때 머리맡에 아무 선물도 없는 걸 발견했다면 정말 슬펐을 거란 생각이 들었다. 난 도형이에게 얼마 전 산타할아버지가 핀란드에서 선물을 가지고 출발했단 엄마 얘기를 전했다. 내가 말을 잘 들으면 반드시 선물을 받을 거라고 엄마가 얘기했으니 너도 말 잘 들으면 꼭 산타 할아버지가 선물을 주실 거라고 이야기했다. 말은 이렇게 하면서 속으로 도형이가 까불이여서 말을 안 들어 작년에 산타 할아버지가 그냥 선물을 안 주고 가셨나보다고 생각했다.

"선우야, 난 이번 크리스마스에 선물 받을 수 있을 것 같아."

"그럼 당연하지. 너 오늘부터라도 엄마 말 잘 들으면 산타 할아버지가 진짜 선물 주신다니까."

"아니, 그게 아니라…. 내가 받고 싶은 선물은 아까 내가 부탁한 거 있잖아. 네가 그걸 해주면 받을 수 있는 선물이야."

'....?? 엥. 그게 무슨 말이지.'

내가 부탁을 들어줘야 크리스마스 선물을 받을 수 있다니 도형이는 진짜 알 수 없는 얘기만 했다. 여하튼 난 도형이에게 다시 한번 다짐했다.

"알았어. 내가 그거 꼭 해서 선물 받을 수 있게 해줄게. 걱정하지 마."

"고마워, 선우야."

도형이는 반짝이는 전구만큼이나 환한 얼굴로 내게 고맙다고 말했다. 작은 골목 안의 전구 불빛들이 형형색색으로 더욱 빛났고 저 멀리 만둣집에서 뿜어져 나오는 따뜻하고 하얀 김들이 골목을 가득 채우고 있었다.

"도형아, 근데 지금 몇 시지?"

갑자기 아까 내 이름을 부르던 엄마 생각이 났다. 병실로 돌아가야 할 시간이었다. 도형이는 시계가 없다고 했다. 난 "아까 네가 보여준 핸드폰에 시간 나오잖아. 그걸 보면 되잖아…." 하고 말했다. 도형이는 다시 핸드폰을 내게 보여주며 말했다.

"이 핸드폰 고장 나서 쓸 수가 없어. 그래서 내가 너한테 대신 고양이 게임을 부탁한 거야."

도형이가 보여준 핸드폰. **그러고 보니 시간은 오후 5시, 바탕 화면도 아까 내게 보여준 고양이 게임 화면에 멈춰 있었다.** 난 도형이가 까불이여서 엄마가 핸드폰을 못 쓰게 하려고 핸드폰을 정지시켰을 거로 생각했다. 아쉬움을 남긴 채 병원으로 발길을 돌렸다. 4층에 내려 바코드에 병원 팔찌를 대려는 순간이었다.

"잠깐!"

도형이가 내게 "얼음!"하고 외쳤다. 난 깜짝 놀라 그 자리에 굳어 버렸다. 도형이는 내게 말했다.

"선우야, 지금 우리 같이 들어가면 너희 엄마가 진짜 화내시며 우리 둘 다 혼날 수 있어. 나랑 다신 놀지 말라고 하면 안 되니까 너 먼저 들어가."

도형이 말은 일리가 있었다.

'흠. 생각보다 도형이가 똑똑하단 말이야.'

"알겠어. 그럼 내가 엄마랑 병실에 있다가 이따 너 만나러 놀러 갈게."

그러자 도형이는 잠시 생각하더니 말했다.

"아니. 선우야, 내가 이따 너 병실에 놀러 갈게. 너희 엄마 잠드시고 조용할 때. 그리고 꼭 아까 내가 말한 고양이 게임에 접속해서 오늘 내 부탁 들어줘야 해. 알았냐 웅?"

"그럼 당연하지. 그리고 너 만난 얘기는 다 비밀로 할 테니깐 걱정하지 마. 알겠지?"

나는 한 손가락을 입술에 대며 '쉿' 했다.

'비밀 친구가 생기다니 정말 흥미진진하구만.'

내 생각을 읽었는지 마치 투명망토를 뒤집어쓰는 듯한 흉내를 내며 도형이가 씩 웃었다.

소아병동에 다시 들어왔다. 문이 열리자 일어나 황급히 다가오는 미쉐린 송금목 쌤.

"선우야, 너 어디 갔었니? 엄마가 너 계속 찾으시면서 지금 병원을 뛰어다니고 계시잖아."

송금목 쌤은 나보고 어디 가지 말고 딱 병실에 가만히 가서 앉아 있으라며 옆에 있는 간호사 쌤에게 지시했다.

"은님 쌤, 지금 선우 어머님께 전화해서 선우 돌아왔다고 말해 줘요."

옆에 있는 또 다른 미어캣 고은님 쌤이 알겠다며 전화기를 들었다.

난 엄마가 들이닥치기 전 병실로 가 얌전히 앉아 있기로 했다. 병실에 갔더니 역시 정리의 달인 엄마가 모든 짐들을 각 잡아 정리해 놓았다. 도형이와의 약속이 생각난 나는 태블릿을 찾기로 했다. 어디에다 꼭꼭 숨긴 건지 찾을 수 없어 온 짐을 헤집고 나서야 드디어 발견한 태블릿. 도형이가 말한 고양이 게임을 찾고 다운로드를 시작했다. 순식간에 휘리릭 다운로드가 끝나고 드디어 고양이 게임이 시작됐다. 양쪽 발을 들며 착한 눈망울을 한 고양이 한 마리가 화면에 나타났다.

'음. 이게 도형이가 얘기한 고양이 게임이군.'

도형이는 내게 자기 아이디와 비번을 알려주며 고양이를 12월 24일까지 레벨5로 키워 달라고 했다. 그게 도형이가 내게 부탁한 비밀 미션이었다. 고양이 한 마리가 나타나 아이디와 패스워드를 입력하라 했다. 아이디는 "은도형", 비밀번호는 "1225"였다. 도형이가 알려준 아이디와 비밀번호를 입력하고 나니 두둥! 상자 속에 얼굴만 내밀고 있는 흰 고양이가 나타났다. 근데 그 고양이는 도형이가 보여준 모습과 달랐다. 분명 멈춰 있었던 고양이가 움직이고 있었다.

'어라. 고양이가 꿈틀대네.'

도형이의 고장 난 핸드폰에서 가만히 박제되어 있던 고양이가 오랫동안 낮잠을 자다 깨어난 듯 "냐옹...냐옹."소리를 내며 기지개를 켜고 꿈틀댔다.

'우아~~이 아기 고양이 진짜…. 귀엽다. 도형이가 왜 키우고 싶어 했는지 이해가 되는구만.'

도형이 핸드폰에서 멈춰 있던 고양이가 마치 살아 숨 쉬는 것 같으면서 위아래 버튼들이 하나씩 활성화되기 시작했다.

대화 창에 글자가 하나씩 타이핑되기 시작했다.

"오래 기다렸다 옹. 보고 싶었어."

"이제 게임을 시작하겠습니까?"

두근거리는 마음을 안고 내가 "예" 버튼을 클릭한 순간

"드르륵…."

문이 열렸다.

'오마이갓. 엄마가 돌아왔다.'

난 급하게 태블릿을 꺼버렸다.

역시나 코뿔소 같은 엄마는 콧구멍에서 김이 나며 폭발하기 직

전이었다.

"너…. 강! 선…. 우……!"

엄마는 목소리가 높아질 것 같은지 다시 문을 드르륵 닫으며 내게로 성큼성큼 걸어왔다. 닫히는 문 사이로 씩 웃고 지나가는 도형이 얼굴이 보였다. 주먹을 불끈 쥐며 날 응원하는 도형이 모습이 순간 지나가며 1403호 문이 완전히 닫혔다.

게임을 시작하시겠습니까.

게임을 시작하시겠습니까.

문이 닫혔다. 엄마가 쿵쾅거리며 내게 오는 속도만큼 내 마음도 쿵쾅거렸다. 문을 닫은 엄마가 우다다다 내게 쏟아붓기 시작했다. 장맛비보다 더 거세게 휘몰아치는 엄마 잔소리를 들을 때면 난 항상 딴 생각을 했다. 이상하게도 피아노 선생님이 가르쳐준 노래들이 떠올랐다. 장조, 단조의 화음들이 조화롭게 어울리며 피아노 건반을 넘나들고 있었다. 도형이 얘기를 하면 이야기가 금방 끝날 것 같았지만 비밀 친구와의 신나는 모험 얘기를 엄마한테 하고 싶진 않았다. **늘 그렇듯 단순하게 말했다.**

"엄마. 죄송해요."

무성의한 내 말에 다시 2절 잔소리가 시작될 것 같았는데 웬걸. 오늘 엄마는 1절로 잔소리를 끝냈다.

'병원에 오니 이런 날도 오는군.'

난 속으로 신나 하며 계속 비 맞은 고양이 같은 표정을 지었다. 그런데 갑자기 엄마는 시선을 돌려 내가 태블릿을 찾느라 뒤집어 놓은 병실의 난장판 상황을 보았다. 난 '2차 폭격이 시작되나 보다' 란 생각으로 다시 또 불쌍한 고양이 표정을 열심히 지어 보려 했는데 어라. 이번에도 엄마는 아무 말 없이 다시 각을 잡아가며 아수라장을 정리하기 시작했다. 침대에 붙은 "수술 예정" 표지판을 만지작거리며 한동안 조용하게 병실을 치우던 엄마가 정리를 끝내더니 내게 말했다.

"선우야, 우리 편의점 갈까? 오늘 밤 12시까지 너 먹고 싶은 거 맘껏 먹을 수 있어."

'이건 또 무슨 소리인가. 엄마가 갑자기 천사로 변하려나?'

아까 도형이와 함께 간 골목길의 천사 날개가 엄마의 등에서 꿈틀대며 자라나는 것만 같았다.

"진짜? 그럼 지금 갈까?"

난 신이나 엄마에게 말하고 다시 크록스를 신었다. 엄마 손을 잡고 다시 지하 1층으로 내려왔다. 엄마는 내게 지하 1층 공간들을 설명해줬다. 도형이에게 이미 들었지만 난 모른 척 시침을 뚝 떼고 있었다. 지하 1층 명의의 사진들이 도배된 복도를 지나갈 때였다. 자수성 교수님의 사진이 대문짝만하게 걸려 있었다. 수술하는 교수님 모습이었다. 잊고 있었던 교수님 얼굴이 다시 떠올랐다.

편의점 도착. 엄만 먹고 싶은 걸 맘껏 사라며 나를 무장해제 시켜줬다.

'오호, 오늘이 내 파티 날이군.'

그동안 엄마가 못 먹게 했던 핫도그, 초콜릿, 과자들을 담으며 이걸 꼭 다 먹고 자야겠단 생각을 했다. 심지어 내일 먹을 치즈와 과일까지 미리 사두었다. 냉장고에 가서 생수까지 꺼내며 바구니를 채우는데 과자 코너에 작은 아이가 서 있었다. **순간 멈칫했다. 서이였다.** 서이는 자기 링거 폴대에 잔뜩 과자를 쌓고 있었다. 초코칩이 바닥을 깔고 바나나 과자와 오징어 칩까지 온갖 과자들이 수북이 폴대에 쌓이고 있었다. 서이 엄마는 이상하게 서이가 과자 사는 걸 미소 띤 채 바라보기만 했다.

'내가 저렇게 과자를 샀다면 우리 엄마는 건강에 안 좋다며 다 뺏었을 텐데.'

서이 엄마야말로 진짜 천사 같단 생각을 했다. 아까 엄마 등에서 자라던 천사 날개가 서이 아줌마 등 뒤에서 다시 피어나고 있는 것만 같았다.

"선우야, 계산해야지. 얼른 가져와."

엄마 말에 난 바구니를 계산대에 가져갔고 그런 내 뒤에 작은 키의 서이가 폴대 가득 과자를 쌓은 후 줄을 섰다.

"엄마, 나 이거 다 먹으면 또 사줄 거지?"

서이의 작은 목소리가 들렸다. 귀 쫑긋, 서이 목소리가 메아리쳤다. 자기 얼굴보다 큰 링거 약들을 주렁주렁 매달고 다니는 서이. 아까 울고 있는 소리만 들어서 몰랐는데 다시 들은 서이 목소리는 쫌 귀여웠다. 편의점에서 나와 엘리베이터로 가면서 엘리베이터가 제발 빨리 오지 않기를 바랐다. 평소라면 빛의 속도로 버튼을 눌렀을 내가 미동도 없이 엘리베이터 앞에 서 있자 엄마는 나를 재촉했다.

"선우야, 버튼 눌러야지. 어느 엘리베이터가 제일 빨리 올까. 선우가 한번 맞춰볼까?"

나는 미적대며 시간을 끌었다. **느린 걸음의 서이가 내 옆에 나란히 섰다.**

엄마는 흘낏 서이와 서이 엄마를 보더니 말을 걸었다.

"너도 소아병동 가는구나. 오~ 맛있는 과자 많이 샀네. 이름이 뭐야?"

흐트러진 머리에 가려 눈도 잘 안 보이는 서이 대신 서이 엄마가 대답했다.

"김서이예요. 넌 이름이 뭐니? 엄청 씩씩해 보인다."

서이 엄마는 엄마 대신 또 내게 이름을 물었다. **난 내 이름을 힘줘 또박또박 말했다. 서이가 헷갈리지 않게.**

"강! 선! 우! 예요."

엘리베이터가 도착했다. 비어 있는 엘리베이터에 서이네랑 함께

탔다.

'서이가 내 이름을 제대로 들었을까.'

내 앞에 선 서이는 뒤통수밖에 안 보여 표정을 알 수가 없었다. 서이 엄마랑 엄마가 이런저런 얘기를 하는 순간 어느새 엘리베이터에 내려 소아병동에 도착했다. 엄마들이 얘기하는 동안 서이는 능숙하게 폴대를 운전하며 자기 병실을 향해 가고 있었다.

'쟤 눈엔 내가 안 보이나?'

눈길 한번 안 주고 직진만 하는 서이가 안 그래도 작은데 멀어질수록 더 엄지 공주 같아 보였다. 어린이 환자복의 소매와 바짓단을 접어도 남의 옷을 빌려 입은 것 같은 엄지 공주, 서이는 인사도 없이 먼저 자기 병실로 들어가 버렸다.

서이가 들어간 후 보니 복도 끝 창가에 도형이가 걸터앉아 있었다. 도형이는 고개를 들어 창문 밖 아파트 109동을 보고 있는 듯했다.

'지금 이사한 집이 별로 마음에 안 드나?'

아니면 예전 집에서 좋았던 일들이 많았던지 도형이는 물끄러미 아파트만을 보고 있었다. 복도 천장 불빛에 반사되어 도형이의 금색 고양이 귀 머리띠가 반짝 빛났다.

'아. 맞다. 고양이. 얼른 들어가서 오늘 미션을 해야겠구만.'

고양이 미션이 생각나 1403호에 들어가려는 순간, 복도 창문에 내 모습이 보였는지 도형이가 고개를 들어 내게 사인을 보냈다. 고양이처럼 양손을 들어 입으로 "냐옹냐옹"소리를 내는 도형이였다. 서이 엄마와 인사를 하고 헤어진 엄마가 병실 문을 열어 들어가라며 나를 재촉했다.

"서이는 병원에 자주 입원해서 주사 맞는 걸 진짜 싫어한대."

서이 엄마한테 들었는지 엄마는 서이 이야기를 했다. 그제야 서이가 왜 그렇게 주사 맞는 걸 온몸으로 거부하고 있었는지 알게 되었다.

"그래서 몇 번 입원한 거래? 열 번?"

"아니, 그것보다 더 많은 거 같은데. 일 년에도 몇 번씩 입원해서 있다가 간대. 그럼 아마도 수십 번 되겠지."

"뭐라고? 수십 번? 헐."

다시 서이를 만나면 좋아하는 과자를 선물해줘야겠단 생각을 했다. "똑똑" 누군가 우리 병실을 노크했다.

"드르륵."

들어오란 얘기도 안 했는데 바로 병실 문이 열렸다. 아까 엄마에게 전화했던 고은님 쌤이었다.

"선우야, 이제 우리 링거를 달아야 해서 손에 따끔을 해야 해. 선우 씩씩하니까 잘 할 수 있겠지?"

서이 얘기를 들으니 갑자기 안 아프던 손등이 아픈 것만 같았다. 은님 쌤은 엄마에게 내가 움직이지 않게 잘 잡아달라고 한 후 알코

올 솜으로 쓱쓱 닦고 눌러가며 혈관을 찾기 시작했다. 그러다 혈관을 찾았는지 쌤이 말했다.

"찾았다. 선우야, 네가 움직이면 혈관이 도망갈 수도 있으니까 절대 움직이면 안 돼. 자 이제 따끔한다."

난 나도 모르게 엄마 팔에 머리를 숙여 눈을 가렸다. 나도 모르게 찔끔 움직였고, 당황한 은님 쌤은 여기저기 쑤시며 혈관이 도망갔다 했다.

"선우야, 진짜 미안한데 혈관이 도망가 버렸어. 어쩌지."

"왜요? 난 거의 안 움직였는데요."

"그래. 선우가 정말 잘했는데 혈관이 너무 예민해서 살짝만 움찔해도 도망가 버려."

"그럼 어떡해야 해요?"

은님 쌤은 당황했는지 이마에 땀이 송골송골 맺혔고 손까지 떨고 있었다.

"저기···. 한 번만 더 따끔해야 하는데, 미안해. 선우야."

난 갑자기 울컥 눈물이 나려고 했다. 다시 또 해야 한다니 갑자기 집에 가고 싶단 생각이 들었다. 그래도 난 멋진 선우 오빠였기에 용기를 내서 더 참아보기로 했고 은님 쌤은 다시 심호흡한 후 주삿바늘을 찔렀다. 다행히 난 숨도 참고 안 움직였다. 그런데 은님 쌤은 손을 떨며 다시 바늘을 넣다 뺐다 하며 내 손등을 여러 번 쑤시고 있었다. 아무리 기다려도 끝나지 않고 왜 계속 아프게 하는지 눈을 떠서 은님 쌤을 봤다. 나보다 더 울고 싶은 표정이었다. 결국 은님 쌤은 말했다.

"정말 미안해, 선우야, 혈관이 이번엔 터져버렸네. 어쩌지…"

바늘 밖으로 피가 흐르고 있었다.

손을 계속 덜덜 떨고 있는 은님 쌤을 보던 엄마가 조심스레 말했다. 다른 쌤이 와서 다시 해주시면 안 되냐고. 은님 쌤 역시 순순히 다른 쌤께 부탁해 보겠다며 내게 계속 사과하고 나가셨다. 은님 쌤이 나가고 갑자기 엄마가 날 안아주셨다. 엄마는 아마도 그때 직감했던 것 같다. 이것이 긴 고통의 서막, **아주 작은 시작이었다는 걸…**.

잠시 후 문이 열리고 자신감 있는 발걸음이 등장했다. 사슴을 닮은 수 쌤이었다. 수 쌤 뒤로 한껏 쪼그라든 은님 쌤이 들어왔고 수 쌤이 내게 말했다.

"선우야, 쌤이 한 번에 끝내게 꼭 노력해볼게. 절대 움직이면 안 돼."

모두가 숨을 멈추고 긴장이 흐르는 순간이었다. 난 다시 숨을 참았고 수 쌤은 이리저리 눌러보다 숨은 보물을 찾은 듯 한 방에 주삿바늘을 꽂았고 결국 링거를 다는 데 성공했다. 그렇게 구원투수처럼 수 쌤은 멋지게 퇴장했고 **링거를 달게 된 난 드디어 아주 불편한 환자 모드가 되었다.**

이후 숨 돌릴 겨를도 없이 여러 사람이 들이닥쳤다. 내일 수술이기 때문에 수술 전 심전도 검사와 또 한 번의 채혈, 마취과 설명부터 수술 동의서 작성까지 다양한 사람들이 휘몰아쳐 폭풍 전야를 흔들고 있었다. 이제 끝났다 싶었더니 또다시 들리는 노크 소리.

"교수님 회진입니다."

누군가의 목소리와 함께 문이 열리고 비둘기를 닮은 자수성 교수님과 여러 명의 선생님 군단들이 나타났다.

'뭐지? 어벤져스 팀인가?'

화려하게 입장한 자수성 교수님은 내게 사람 좋은 미소로 물었다.

"선우 컨디션 어때?"

대답 없이 과자만 먹고 있는 내가 답답했는지 자수성 교수님은 내가 아닌 엄마와 대화하기 시작했다. 과자를 먹고 있지만 내 귀는 당나귀보다 더 크게 교수님과 엄마 대화에 집중하고 있었다.

"선우가 내일 나이 순서대로 해서 두 번째 수술로 잡혔고요, 아시다시피 수술은 1시간 반 정도면 끝날 거예요. 위험한 수술은 아니니까 크게 걱정 안 하셔도 되고요, 오늘 선우 일찍 재우시고 컨디션 관리 잘해서 내일 수술장에서 뵙죠."

엄마와 대화가 끝난 교수님은 과자를 먹는 나를 보며 "선우야, 과자 말고 건강에 좋은 거 많이 먹어야 해. 알았지?" 하며 자리를 떴다. 교수님 오른쪽에서 계속 웃으며 날 쳐다보던 안경 쓴 선생님이 괜히 머쓱한지 내 머리를 한번 쓰다듬고 나갔다.

엄마는 내게 빨리 이 닦고 잘 준비를 하자고 했다. 링거 바늘이 오른쪽 손등에 있어 모든 게 불편해진 나는 다시 3살 아기가 된 듯 엄마가 이를 닦아 주고 바지를 내려줘 소변을 보고 나서야 침대에 누울 수 있었다. 내가 아니라 엄마가 빨리 잠들어야 도형이의 미션을 해결할 텐데 원래도 잠이 없는 엄마를 먼저 재우는 게 관건이었다. 난 엄마한테 오늘 유난히 피곤하다며 일찍 잠들 것 같은 시늉을 했다. 그렇게 한 두 시간이 지났을까. 유난히 부산하게 움직이고 날 살피던 엄마의 숨소리가 달라지면서 쌔근쌔근 취침 모드가 되었다. 하마터면 나도 진짜 잠들 뻔했지만 양 떼들을 반복해 세며 졸음을 참아냈다.

침대맡에 두었던 태블릿을 다시 꺼내 들어 전원을 켰다. 또다시 아이디와 비번을 넣고 고양이 게임에 접속했다. 두 번째 접속. 게임 창에 고양이가 다시 기지개를 켜며 하품하고 있었다.

"게임을 시작하시겠습니까?"

아까 보였던 게임 시작 메시지가 다시 떠올랐다. 난 씩씩하게 "예"를 다시 눌렀다. 화면 안에 고양이가 양발을 흔들며 내게 인사하기 시작했다.

"냐옹 냐옹~".

먼저 화면 위에 있는 아이콘 중 출석하기를 눌렀다.

"2024년 11월 20일 22시 05분"

시간이 뜨면서 출석 체크가 되었다. 출석하기 옆 아이콘 매일 미션을 눌렀더니 화면에 미션이 나왔다.

"고양이에게 힘이 되는 말을 적어주세요. 미션 점수 50점"

'엥…. 이건 또 뭐지? 무슨 말을 하라는 거야.'

갑자기 학교에서 했던 롤링 페이퍼가 생각났다. 수업 시간, 선생님이 종이 한 장을 20명 우리 반 모두에게 나눠주고 종이에 각자 이름을 적으라 했다. 그리고 나머지 19명 친구에게 종이를 돌려 친구들의 응원 메시지를 받으라 했다. 단짝이 없는 내게 아무도 좋은 말을 해줄 것 같지 않았다. 난 다른 친구들이 어떻게 쓰는지 곁눈질하며 망설이고 있었다. 드디어 정현이의 롤링 페이퍼가 내게 왔다. 난 정현이 페이퍼에 용기를 내 한마디 적었다.

"정현아, 너랑 친구 하고 싶어."

막상 정현이가 인사하면 당황해 숨곤 하던 나. 내가 낸 최대한의 용기였다. 이름을 안 밝히고 쓰는 롤링 페이퍼여서 가능했다. 얼마의 시간이 흘렀을까. 친구들이 건네준 내 롤링 페이퍼. 나한테 아무도 할 말이 없어 백지가 올 것 같아 걱정했던 내 종이가 빼곡히 채워져 있었다.

"선우야, 넌 긍정적이어서 멋져."

"너는 우리 반에서 글씨를 제일 잘 써서 부러워."

"넌 피아노를 제일 잘 쳐서 최고야."

"선우야, 넌 더 잘할 수 있어."

"너는 마음이 착해…."

생각지도 못했던 아이들의 응원 메시지가 나를 감동하게 했다. 그날 나는 너무 신나 집에 돌아온 엄마에게 종이를 보여주며 자랑했다. 엄마는 롤링 페이퍼를 읽고 또 읽고 손에서 놓지 않고 정말 행복해하며 나를 안아주셨다.

'난 고양이에게 무슨 말을 해줄 수 있을까?'

힘이 되는 말이라니 엄청 어려운 미션이었는데 난 고양이를 향한, 아니 도형이를 향한 내 마음을 적고 싶었다. 키보드 버전으로 바꿔 글씨를 타이핑하기 시작했다.

"널 만나서 정말 반가워."

나도 모르게 씩 웃으며 타자를 끝냈더니 웬걸, 진짜 미션 점수 50점이 올라갔다.

'오~ 신기하구만.'

아이콘들을 하나씩 누르면서 미션을 클리어했다. 경험치와 에너지가 올라갔다. 밥 주기 버튼을 눌렀더니 고양이는 허겁지겁 먹으며 사료 한 통을 클리어했고 덕분에 에너지는 110으로 올라갔다. 놀아주기 버튼을 눌러 공놀이를 해줬더니 또다시 10점이 올라갔다.

고양인 현재 레벨 2단계였다. 단계는 최종 5단계까지인데 마지막 단계 5단계가 되면 아기 고양이는 다 자라 어른 고양이가 된다. 사료와 장난감을 얻으려면 매일 출석해야 하는 것이고, 최종 5단계 어른 고양이가 되려면 경험치 10,000점에, 에너지 5,000점을 획득

해야 하는 거다. 크리스마스이브까지 5단계 고양이로 키워야 했다.

'맙소사. 도형이에게 쉽게 할 수 있다고 얘기했는데 어떡하지.'

보너스 미션을 눌렀다.

"워치를 연결해 하루 5,000보를 걸으시오. 보너스 점수 50점 획득."

'내일부터 엄마 시계를 내가 찬다고 해야겠네.'

만만치 않은 미션들이었다. 하루에 얼마만큼 점수를 얻어야 크리스마스이브까지 미션을 끝낼 수 있을까. 머리에 지진 나게 계산하고 있는데 '아우 깜짝이야' 도형이가 내 옆에 나타났다. 어느새 병실 안에 들어온 도형이가 웃으며, 놀란 나를 보고 있었다. 자는 엄마가 깰까 봐 무음 모드인 도형이는 침대맡 내 옆에 서서 점수가 올라간 고양이를 보고 있었다. 화면 안 아기 고양이는 점수가 올라 기력을 찾았는지 상자 안에서 두 발을 들어 인사하고 있었다. 내가 잘못 봤을까. 그걸 바라보는 도형이의 눈가가 촉촉해지는 것 같았다. 도형이는 다시 나를 바라보더니 내 귀에 아주 작게 속삭였다.

"고마워. 선우야, 진짜… 고마워."

'이게 뭐라고 저렇게 고마워할까.'

어쨌든 도형이가 저 정도로 좋아한다니 앞으로 열심히 해서 꼭 고양이를 레벨 5까지 키워 줘야겠단 생각을 했다. 도형이는 다시 속삭였다.

"선우야. 고마워. 그리고 오늘 빨리 자. 내일 힘든 날이잖아."

알겠다고 끄덕이는 내게 도형이는 두 손을 포개 귀에 대고 코 고는 시늉을 하며 밖으로 나갔다. 난 도형이에게 인사를 하고 태블릿을 가슴에 소중히 올린 후 잠을 청했다. 내일 수술에 어떤 일이 닥칠지 모르겠지만 그냥 막연히 잘 할 수 있을 것 같았다. 그렇게 스르륵. 병원에서의 첫날 밤이 깊어갔고 난 잠이 들었다.

"선우야, 일어나야 해. 이제 수술하러 가야 한대."

아침이 밝았다. 엄마 목소리에 난 잠에서 깼다. 잠도 덜 깬 난 비몽사몽간에 엄마 손에 이끌려 간호사 데스크 앞으로 갔다. 거기엔 이미 나 말고도 7명의 아이와 어른들이 있었다.

'다들 나처럼 수술하러 가는가 보군.'

내 옆에 있는 갓난아기 2명. 나머지는 나랑 나이가 비슷하거나 더 많아 보이는 형과 누나가 있었다. 보라색 병원복을 입은 삼촌 한 명이 인원 체크를 했다. 미쉐린 송금목 쌤과 수 쌤은 일일이 아이들 한 명씩을 찾아다니며 같은 질문을 해댔다.

"흔들리는 치아 없죠?"

"안에 속옷은 탈의했죠?"

"소변은 다 봤고 12시 이후 금식도 지켰죠?"

질문이 끝난 후 아이들과 보호자의 입원 팔찌를 확인하며 등록번호와 이름을 확인했다. 난 "8601520 강선우"를 쩌렁쩌렁하게 외쳤다. 미쉐린 송금목 쌤이 자꾸 내 팔찌를 보며 등록번호를 중얼거렸다. 보라 돌이 삼촌은 7명 각자의 수술 가방을 송금목 쌤에게 받아 한꺼번에 챙겼다. 모두 다 같은 병원 팔찌를 끼고 하얀 환자복을 입고 보라 돌이 삼촌이 따라오란 말에 일제히 발맞추어 이동했다. **슈베르트의 군대 행진곡이 내 귓가에 흘러나왔다.**

엄마가 괜히 내 손을 꽉 쥐며 말했다.

"선우야, 너 진짜 조금 후면 정말 멋진 아이언맨 되겠다. 짱이지?"

엄마 말에 난 두근두근 설레기 시작했다. 어제 피 뽑은 것처럼 잠깐만 따끔하고 참으면 아이언맨이 되어 천하무적 용기맨이 될 수 있다니 씩씩하고 멋진 형아처럼 수술실에 내려가야지. 다른 보호자들도 엄마처럼 수술이 하나도 안 아플 거라 얘기하고 있었다. '수술이란 건 생각보다 안 아픈 건가 보다.'란 생각이 들었다.

2층 수술실 문이 열렸다. 보라 돌이 삼촌은 모두에게 신발을 밖에 벗고 비닐과 모자 등을 착용한 후 각자 배정된 수술 대기실 베드로 가라고 안내해줬다. 그리고 신발을 담을 수 있는 비닐봉지 하나씩을 건넸다. 엄마는 내 신발을 비닐에 담았고 난 수술 대기실 베드에 앉았다. 마취과 선생님이 와서 마취 설명을 하고 여러 명의 간호사 쌤이 와서 분주해지자 수다쟁이 엄마가 갑자기 조용해졌다. 지금까지 날 보며 웃고 있던 엄마 표정이 어두운 것 같아 난 장난을 치기 시작했다. 노란색 비닐 수술모를 계속 벗어던지며 낄낄댔다. 한참을 던지고 줍고 실랑이하고 나서야 엄마가 다시 수다쟁이 코뿔소로 바뀌었다.

　수술 회복실에 들어왔다. 나보다 일찍 수술한 다른 아이들이 비명을 지르며 울고 있었다. 내 맞은편 침대 아기는 눈 수술을 한 듯 두 눈을 붕대로 가리고 온몸을 휘저으며 비명 같은 울음소리를 내고 있었다. 눈에 있는 붕대를 절대 떼면 안 되는데 아기가 계속 잡아 뜯고 있다며 보호자 아빠가 아기를 부둥켜안고 도움을 요청했다. 쉴 새 없이 들리는 기계음 소리와 "눈 떠보세요." "이제 일어나셔야 해요." 등의 소리가 들리는 회복실 모습은 그야말로 아수라장이었다. 침대에 누워 수술실로 이동해야 한다고 누우라고 선생님이 말했지만 누우면 바로 어떻게 될 것 같아 난 허리를 꼿꼿이 펴고 침대에 앉아 이동하겠다고 고집을 부렸다. 엄청나게 씩씩한 척했지만, 눈앞에 울고 있는 환자들을 보니 겁이 났다.

　그때였다. 옆 베드 커튼이 살짝 열렸다. 엄마는 담당 교수님, 간호사 쌤들과 침대 발치에서 수술에 관한 설명을 듣고 있었고 난 주변을 계속 관찰하고 있었다. 살짝 열린 옆 베드 커튼 사이로 어른어른 얼굴이 보였다. **노란 수술 모자를 쓴 낯익은 얼굴. 오마이갓! 도형이었다.** 누워 있는 도형이는 나와 눈을 마주치자 활짝 웃으며 엄지척을 해 보였다.
　'이럴 수가, 도형이도 오늘 수술이었다니. 왜 어제 말하지 않았을까.'

그리고 나보다 먼저 수술하고도 저렇게 해맑게 웃는 걸 보니 도형이 수술은 아프지 않았나 보다. 놀라서 쳐다보고 있는 내게 도형이는 수화하듯 소리 없이 말했다.

"하나도 안 아파."

도형이는 말을 끝낸 후 못난이처럼 이를 다 드러내며 씩 웃었다. 잇몸 만개 못난이 웃음에 갑자기 난 '풋'하며 웃음이 터졌다. 진짜 못생겨 보였다.

시간이 다 되었나 보다. 간호사 쌤들이 이제 이동하겠다며 베드를 끌기 시작했다. 보호자는 따라오지 말고 수술실 밖에서 대기하다 연락이 오면 회복실로 들어오라 했다. 엄마는 최대한 침대에 붙어 수술실 가는 길 끝까지 날 배웅했다. 수술 잘하고 오라고 엄마가 꼭 밖에서 기다리고 있으니 걱정하지 말라고 했다. 베드에 앉아서 이동하는 나를, 엄마는 하염없이 쳐다봤다. 내게 손을 흔들며 분명 얼굴은 웃고 있는데 눈은 슬퍼 보이는, 한 번도 본 적 없는 엄마 표정이었다. 엄마 뒤로 베드에 누워 있는 도형이가 보였다. **도형이는 날 향해 못난이 미소를 보이며 엄지척했고, 난 그런 도형이를 향해 엄지척으로 답했다.**

"번쩍."

수술실 안에 들어가 보니 천장엔 눈부신 조명이 달려 있었다. 눈을 뜰 수 없을 정도로 밝아 눈을 찌푸렸다. 마취 선생님이 이제는 진짜 누워야 한다고 했다. 어제 자수성 교수님 회진 때 봤던 초록색 수술복을 입은 선생님들과 간호사 쌤들이 보였고 신기한 물건들이 수술실에 많이 보였다. 침대에 누워 가만히 있으니 선생님이 말씀하셨다.

"선우야, 이제 선생님이 잠드는 약을 줄 거야. 편하게 코 자고 일어나면 수술이 끝나 있을 거야."

"자, 마취 시작합니다."

잠들지 말고 수술하는 걸 더 구경하고 싶었는데 자꾸 눈이 감기기 시작했다. 선생님의 말소리가 자장가처럼 들리고 난 꿈나라로 갔다.

"으악…. 악!!…."

눈을 떴을 때 난 말도 할 수 없는 고통. 소리조차 지를 수 없는 고통을 느꼈다. 하늘나라로 간다는 게 이런 느낌이구나. 수술이 안 아픈 거라고 누가 얘기했나. 가슴에 들어간 너스바가 숨통을 조였고 엄청난 바위가 몸을 짓누르고 불태우는 것 같았다. 눈을 떠보니 수술 회복실이었고 엄마가 내 옆에 있었다. 엄마는 내 손을 꼭 붙들고 있었다. 산소마스크를 하고 있던 나는 엄마를 보고 비명을 지르며 대성통곡을 했다. 산소포화도 수치 소리가 요란하게 울렸다.

"선우야, 진짜 고생했어. 이제 아픈 수술은 다 끝났어. 선생님이 안 아프게 하는 약을 주실 거야. 그럼 괜찮아질 거야."

엄마 말소리가 귀에 잘 안 들어올 정도로 아파 난 계속 울어댔고

마취 쌤은 내게 안 아픈 약, 진통제를 주셨다. 죽을 것 같은 고통이 조금씩 사그라들었다. 그렇게 한 시간, 회복실에 있던 나는 산소마스크를 떼고 병실로 옮겨졌다.

소아병동 문이 다시 열렸다. 수술실 베드에 실려 내가 등장하자 간호사 쌤들이 모두 일어나 분주하게 움직였다. 나를 이동시켰던 수술실 보라 돌이 삼촌은 움직이지 못하는 내가 최대한 원활하게 병실 침대에 누울 수 있게 신속하게 병실 가구들을 정리했다. 수쌤과 송금목 쌤, 고은님 쌤 모두 환자복을 가져오고 링거와 내 몸에 달린 피 주머니 라인들을 정리하고 나를 옮기느라 분주했다. 3분 안에 해결하라. 마치 미션이 주어진 것처럼 모두가 너무 빠르고 일사불란하게 움직였다.

"자 다시 팔찌 확인합니다. 8601520 강선우."

내 환자 번호는 왜 그렇게 자꾸 확인하는지 미쉐린 송금목 쌤은 연신 팔찌를 확인하며 내 이름을 불러댔다.

수술하고 놀라운 건 내 몸이 내 몸 같지 않다는 거다. 마치 딱지처럼 난 이렇게 뒹굴, 저렇게 뒹굴 뒤집히고 옷이 입혀지며 침대로 옮겨졌다. 이래저래 복도에서 움직여지는 동안 하필 서이와 서이 엄마가 휠체어를 타고 지나갔다. 어제는 쳐다도 안 보던 서이가 물끄러미 나를 보고 있었다. 수술실 베드가 복도를 차지하고 있어 나를 지나야만 자기 병실로 갈 수 있었던 서이는 휠체어를 멈추고 고개를 들어 나를 봤다. 커튼처럼 쏟아진 머리 사이로 서이 눈과 마주쳤다. 많은 순간 중에 왜 하필 지금 마주친 건지. 내가 병실로 옮겨지면서 서이도 자기 병실로 갈 수 있었다.

"지금 시간 11시, 4시간 후부터 물 마실 수 있으니까 그때부터 조금씩 물 주시고요, 그리고 그때 괜찮으면 죽 같은 식사 가능합니다."

군인 같은 송금목 쌤이 시계를 보며 이야기했다. 수 쌤은 마취제가 아직 몸 안에 남아 있어 빠질 때까지 앞으로 2시간 절대 잠들어서는 안 되니 자꾸 깨우라고 하고 병실 밖을 나갔다. 너스바 수술을 한 나는 수술 후에 한 달은 허리를 침대에 대고 "큰 대 자"로 잘 수 없어 침대에 베개를 쌓아 앉아서 자게 되었다.

아픈데 비몽사몽 자꾸 눈이 감겼다. 엄마는 내가 잠들려고 할 때마다 칼같이 나를 깨우며 외쳤다.

"선우야, 정신 차려봐. 잠들면 안 된대. 눈뜨고 있어야 해."

이렇게 아픈 수술 시킨 것도 미운데 잠까지 자면 안 되고 물도 마시지 말라니 서러움이 밀려왔다. 엄마가 밉다고 얘기하고 싶었는데 말할 힘도 없었다. 그렇게 '자다 깨다'를 반복하며 2시간이 흐르자 엄마는 드디어 날 푹 자게 해줬다.

그렇게 몇 시간이 흘렀을까. 눈을 떠보니 눈앞에 자수성 교수님과 어벤져스 팀이 있었다, 자수성 교수님은 엄마에게 자신 있는 목소리로 말했다.

"수술은 아주 잘됐고요, 열어보니 가슴이 생각보다 더 들어가 있어서 거기에 맞춰 일자 바를 좀 올려서 넣었어요."

옆에 있는 곱슬머리 남자 쌤과 예민해 보이는 안경 쌤, 그리고 간호사 쌤까지 다들 교수님 설명을 들으며 고개를 끄덕이고 있었다. 엄마는 교수님께 고생하셨다고 말했고 교수님은 내게 "선우야, 좀 어때?"라고 물었다. 난 '진짜 나쁜 선생님'이라고 이야기하고 싶었지만, 그것마저 입 밖으로 안 나올 정도로 아팠다. 교수님은 엄마에게 수술 당일인 오늘부터 퇴원할 때까지 열심히 걸어야 한다고 말했다. 수술 후 폐가 많이 쪼그라들었기 때문에 운동해서 최대한 폐를 펴야 폐부종이 오지 않는다고 했다. **걸어서 운동할 엄두가 안 났다.** 난 우선 엄마에게 휠체어를 타겠다고 했다. 피 주머니와 링거를 주렁주렁 달고 휠체어를 타니 지나가는 어른들마다 안타까워하며 한마디씩 했다. 어디가 아파서 왔냐고, 빨리 회복해 퇴원하라고. 엄마는 한 마디씩 해주는 사람들에게 고맙다고 인사하기 바빴다.

병원은 1동, 2동, 3동 세 동으로 나뉘어 있었다. 소아병동이 있는 곳은 2동으로 본관 동이었다. 1층엔 원무과, 소아청소년과, 흉부외과 및 각종 진료과, 검사실과 채혈실이 있었고, 2층엔 수술실과 중환자실, 피부과, 3층엔 카페테리아, 원목실, 콘퍼런스홀, 신생아실 등이 있었다. 난 사람이 많지 않은 3층으로 가겠다고 했다. 기도실과 콘퍼런스홀이 있어서인지 3층은 다른 층보다 한적한 편이었다.

3층 신생아 집중 치료실 근처에 휠체어를 멈추고 가쁜 숨을 쉬고 있을 때였다. 치료실 대기 의자에 젊은 엄마, 아빠가 아기 한 명과 있었다. 그 주위를 간호사 쌤들이 둘러싸고 있었다. 간호사 쌤들은 아기 이름을 부르며 "세희야. 오늘은 어때, 기분이 좋아? 까꿍." 하며 아기를 예뻐했고 밝은 표정의 엄마와 아빠, 그리고 간호사 쌤들에게 둘러싸여 얼굴이 보이지 않은 아기는 모두에게 넘치는 사랑을 받는 듯했다. 난 궁금해 고개를 빼고 아기 얼굴을 보려 했다. 이어서 다른 보호자들이 왔고, 아이를 둘러싸고 있던 간호사 쌤들은 또 만나자며 아기와 작별 인사를 하고 신생아 집중 치료실로 서둘러 돌아갔다. 썰물과도 같이 사람들이 빠져나가던 바로 그때, 난 비로소 아기의 얼굴을 볼 수 있었다.

　멀리서도 확연히 구분되는 **머리부터 발끝까지 온몸이 새빨간 아기, 세희였다.** 난 너무 놀라 그 자리에 굳어 버렸다.
　"엄마…. 저기 저 아기… 몸이….'"
　난 놀라 엄마에게 더 이야기하려 했는데 엄마가 황급히 내 휠체어를 돌리며 다시 병실에 와서 휴식하자고 했다. 엄마는 빠른 속도로 휠체어를 운전했고 그렇게 다시 소아병동으로 돌아왔다. 병동에 돌아온 엄마는 작은 목소리로 말했다.
　"선우야, 여기서 아픈 사람들 보더라도 그걸 크게 이야기하거나 그러면 안 돼. 그럼 그걸 듣는 사람들이 상처받는 거야."

난 궁금한 걸 참지 못하는 것뿐인데. 엄마 말에 더 이상 대구 없이 그냥 "네"하고 대답했다. 소아병동 복도를 지나 방에 들어가려는데 갑자기 1404호 병실 문이 열렸다. 1404호. 김정*의 병실이었다. 혹시나 정현이가 입원한 건지 알아볼 수 있는 절호의 기회였다. 내 몸이 나도 모르게 1404호 쪽으로 기울었다. 누군가 병실에서 나왔다.

"정현아, 엄마가 물 떠서 올게. 넌 앉아 있어."
난 순간 귀를 의심했다.
'이름이 정현이라고? 진짜 우리 반 정현이가 여기 입원했나?'
놀란 나는 엄마에게 잠깐 휠체어를 멈춰 달라고 했다. 편한 운동복 차림의 아줌마가 물통을 들고나왔다. 정현이 엄마인가 보다. 정현이 얼굴을 봤으면 좋겠는데 문이 닫혀 버렸다. 정현이 아줌마가 지나가고 난 엄마에게 말했다.

"엄마, 들었지? 이름이 정현이래. 김정현이야. 나 정현이 얼굴 보고 싶은데. 아무래도 우리 반 정현인 거 같아."
"너희 반 정현이가 여기 왔다고? 선우야, 여기 병원은 우리 집이랑 멀어서 너희 반 정현이가 아닐 거야."
엄마는 정현이가 아닐 테니 그냥 병실에 들어가 쉬자며 휠체어를 돌리려 했다.
"아. 엄마…! 잠깐잠깐!!"
나는 엄마에게 정현이 얼굴을 보기 전까지 병실에 들어가지 않겠다며 휠체어 바퀴에 손을 대고 부동의 시위를 했다. 엄마는 알았다며 정현이 엄마가 다용도실에서 물을 떠 올 때까지 기다렸다. 꽉 채운 물병을 들고 정현이 엄마가 돌아왔다.

드디어 병실 문이 열렸다. 2인실인 1404호 바깥쪽은 비어 있었고 안쪽 자리가 정현이 자리인 것 같았다. 반 정도 열린 커튼 사이로 정현이가 보였다. TV를 보고 있는 얼굴은 커튼에 가려져 있었는데 몸은 우리 반 정현이보다 훨씬 큰 형아의 몸집이었다. 정현이가 아니어서 실망하는 내 눈빛을 읽었는지 엄마가 말했다.

"선우야, 실망하지 마. 너 금방 퇴원하고 학교에서 정현이 만나면 되잖아. 그리고 피아노 연주회에도 정현이 초대한다며. 실망 안 해도 돼. 글치?"

"…응…글치…. 맞지…"

엄마 말에 난 힘없이 대답했지만 그래도 우리 반 정현이가 아닌데 내심 아쉬웠다.

그런데 갑자기 수술한 가슴이 조이기 시작하는 게, 너무 아파졌다. 안 아프게 해주는 약이 약발이 떨어진 건지 난 참을 수 없어 다시 병실로 들어가자 했다. 아파서 숨을 제대로 못 쉬고 있으니 엄마가 비상벨을 눌러 간호사 쌤에게 진통제를 가져다 달라고 했다. 은님 쌤이 와서 상태를 보더니 담당 쌤에게 말하고 바로 진통제를 가져오겠다고 했다. 잠시 후 진통제가 왔고, 난 겨우 숨을 쉬게 되었다. 오늘 수술한 내가 이렇게 아픈데 다른 애들은 어떨까. 그리고 보니 도형이도 오늘 수술했을 텐데 잘 회복하고 있나 걱정이 됐다. 도형이 병실에 가서 도형이가 괜찮은지 확인을 해보고 싶었는데 일어나면 또 갑자기 숨을 쉬지 못할까 걱정돼 침대에서 일어날 수 없었다. 그래서 엄마에게 도형이가 잘 있는지 병실에 가서 한번 확인해달라고 했다.

"은도형? 도형이가 누구야?"

역시나 엄마는 내 입에서 나온 친구 이름에 극도의 관심을 보였다.

"있어, 어제 병동 돌아다니다 만났어."

딱 거기까지만 이야기했다.

"진짜? 그런 애가 있었어? 근데 왜 얘기 안 했어?"

"엄마가 이렇게 꼬치꼬치 물어볼까 봐 얘기 안 했지. 엄마가 도형이 병실에 가서 도형이가 잘 있는지 확인해줘."

"병실이 몇 혼데?"

엄마가 병실 번호를 물었는데 그러고 보니 병실이 기억에 없었다, 기억이 안 난다고 하니 엄마가 찾아보고 얘기해주겠다며 병실 밖을 나갔다. 엄마가 나가고. 난 태블릿을 켜 고양이 게임에 접속했다.

"로그인되었습니다." 출석 시간 2024년 11월 21일 오후 16시 30분. 출석 체크를 한 후 고양이에게 밥을 주고 놀아주니 20점이 올라갔다. 아기 고양이는 이제 내게 이빨을 보이며 바보 같이 웃었다. 도형이가 수술실에서 보여준 웃음처럼 진짜 못생긴 얼굴이어서 다시 '풋' 웃음이 터졌다. 보너스 미션을 누르니 태블릿 창에 메시지가 타이핑됐다.

"내 이름을 불러줘."

'엥? 이건 또 뭐지?'

고양이 이름을 불러달라니 난 뭐라고 적어야 할지 몰랐다. "고양이, 캣, 냐옹이, 나비야."

고양이에 관해 생각나는 모든 이름을 다 적어 보았다. 정답이 아닌 듯 다시 입력하란 메시지가 계속 떴다.

"헐, 뭐지? 어떻게 하는 거지."

그 순간 다시 문이 열리며 엄마가 들어왔다. 난 재빨리 태블릿을 뒤집어 내 옆에 내려놨다.

"선우야, 엄마가 저기 산부인과 쪽까지 갔다 왔거든. 하나하나씩 꼼꼼하게 봤는데 은도형 이름은 없던데."

그럴 리가 없었다.

"엄마, 진짜 잘 찾아본 거 맞아?"

"그럼, 엄마가 눈을 완전히 크게 뜨고 두 번씩 지나가면서 확인한 거야."

"진짜? 이상하네. 왜 없지."

"선우야, 도형이 퇴원했나 보다."

"퇴원이라고? 헐. 그럴 리 없는데."

오늘 아침 수술실에서도 봤는데 그렇게 빨리 퇴원할 수 있나. 수술하면 나처럼 잘 움직이지도 못할 텐데 도형이 수술은 간단한 거였나? 아니면 도형이가 병실을 옮겼나? 여하튼 도형이가 퇴원한다면 나한테 말도 없이 퇴원하지는 않았을 거란 생각이 들었다.

이런저런 생각 끝에 문득 깨달았다. 수술 후 아무것도 못 먹은 것이다. 배가 고팠지만, 음식은 넘어가지 않을 것 같고 입이 바짝바짝 마른 게 물이 너무 마시고 싶었다. 엄마한테 물을 달라고 했더니 엄마가 정수기에 가서 새 물로 가져오겠다며 나가셨다. 도형이가 퇴원한 건지 다른 병실로 입원한 건지 머릿속에 생각이 떠나지 않았다. 그런데 불현듯 좋은 방법이 생각났다. 비상벨을 눌러 쌤에게 물어보면 되는 거였다.

'그렇게 간단한 방법이 있었는데 왜 진작 생각을 못했지?'

난 서둘러 비상벨을 눌렀다.

"삐…."

"네. 간호사실입니다."

"선생님, 저 1403호 선운데요."

"어, 선우야, 왜? 또 아파졌어?"

착하디착한 은님 쌤 목소리였다.

"그게 아니라요, 도형이 몇 호실에 입원했어요?"

"누구?"

"도형이요. 은도형. 여기 소아병동에서 만났는데 여기 입원한 은

도형 말이에요."

"잠깐만…. 선우야…."

잠깐의 정적이 흐르더니 은님 쌤이 말했다.

"선우야, 은도형이란 환자는 우리 병동에 없는데."

나는 순간 얼음이 되었다. 문이 열리고 엄마가 들어왔다.

내 이름은 은도형,
나는 소아병동 터줏대감입니다.

내 이름은 은도형,
나는 소아병동 터줏대감입니다.

2022년 11월, 나는 이곳 소아병동에 입원했다. 7살이었던 난 어느 날 갑자기 가슴이 아파 숨을 쉴 수 없었다. 때마침 퇴근해 집에 들어온 엄마는 숨이 꼴딱꼴딱 넘어가는 나를 보고 사색이 되어 버렸다. 놀란 엄마는 날 보자마자 무거운 날 둘러업고 무작정 뛰었다. 엎어지면 코 닿을 듯이 가까운 병원이 그날따라 너무 멀었다. 작은 엄마에게서 어떻게 그런 괴력이 나온 건지 엄마는 뜨겁고 가쁜 숨을 내뱉으며 달렸다. 응급실에 도착해 날 침대에 내려놓은 엄마는 다리가 풀렸는지 그제야 바닥에 주저앉아 버렸다. 온갖 검사와 처치들이 긴급하게 이루어졌고, 담당 선생님이 나타났다.

"흉부외과 자수성입니다."

자수성 교수님과의 첫 만남이었다. 교수님은 엄마에게 현재 내 심장 상태가 좋지 않다며 상태를 설명하곤 우선 긴급 수술로 열어 보고 관련 처치를 해야 할 것 같다고 얘기했다. 청력이 좋지 않은 엄마가 작은 교수님 목소리를 다 알아듣긴 한 걸까.

"지금 바로 수술방 스케줄 잡고 마취과랑도 상의해볼게요. 수속 다 밟고 준비해주시죠."

엄마는 자수성 교수님께 수술이 얼마만큼 위험하냐 물었다. 교수님은 간단치 않지만, 최선을 다할 테니 너무 걱정하지 말라며 돌아갔다. 교수님이 돌아가고 수술 준비를 위해 다시 또 분주해지면서 날 따라다니던 엄마가 계속 말했다.

"도형아, 수술하고 나면 괜찮아질 거야. 수술이 좀 아플 수는 있는데 조금만 참으면 금방 좋아진대. 다시 건강하게 뛰어다닐 수 있어. 우리 도형이 씩씩하니까 잘 참을 수 있지?"

엄마는 내가 불안해하지 않게 환하게 웃으며 이야기했다. 그리고 내가 수술 끝내고 나오면 좋아하는 게임을 무제한 할 수 있게 해주고, 맛있는 걸 무한대로 먹자고 얘기했다. 아파서 몸을 웅크리고 있는 와중에도 귀는 쫑긋했다.

'무한대라고…. 그건 쫌 좋은데.'

수술 준비가 되어 수술실로 침대가 옮겨졌다. 엄마는 내 손을 다시 꼭 잡으며 환하게 웃어줬다.

"우리 도형이 잘할 수 있어. 화이팅! 엄마가 안 아픈 주문 외워줄게. 아브라카다브라, 얍!."

난 침대에 누워 엄마와의 만능 주문 "아브라카다브라!"를 크게 외쳤다. 이렇게 크게 외쳤으니 저 소리가 엄마 귀에 콕콕 박혔겠지. 침대가 이동했다. 나를 보며 손을 흔드는 엄마의 모습이 점점 작게 보였다.

수술 후 상황은 생각보다 안 좋았다. 심장이 안 좋아 이식이란 걸 하기까지 기다려야 한다 했다. 퇴원했지만 조금만 운동해도 숨이 가빠 병원에 실려 오곤 했다. 그날부터 2023년 12월 25일까지 잦은 입원과 퇴원을 반복하며 봄, 여름, 가을, 겨울 사계절을 소아병동에서 보냈다. 초등학교 입학도 입학식만 겨우 가고 결국은 병동 학교에서 지내며 수업 시간을 보충했다. 잘 나가는 게임 개발자였던 엄마는 결국 회사를 관뒀고 내 옆에서 간호하며 재택근무로 전환했다. 처음 입원한 병실은 1403호 1인실이었다. 수술 한 번만 받으면 퇴원할 줄 알고 처음엔 1인실에 입원했는데 입원이 길어지면서 병실이 바뀌었다. 2인실, 5인실, 6인실. 병실이 없어 머물던 8층 83 성인 병동까지.

병원 곳곳에 대해선 모르는 게 없게 되었다. 흉부외과 자수성 교수님이 6층 연구실에서 먹고 자며 일주일에 한두 번 집에 간다는 사실과 흉부외과 전담간호사 오나정 쌤과 인턴 권태산 쌤이 비밀 연애를 하고 있다는 사실. 송금목 쌤이 간호사실에 아령을 숨겨놓고 시간 날 때마다 근육을 키우고 있다는 것, 소아병동에 어떤 환자가 입원했고 외래 때 어떤 환자가 오고 갔는지 난 모든 걸 관찰하고 참견했다. 엄마는 항상 나보고 '우리 도형이는 다 좋은데 엉덩이가 너무 달랑달랑해.'라며 오래 앉아 있지 못하는 내게 잔소리했다. 엄마 말대로 난 엉덩이가 너무 가벼운 건지 잠시도 가만히 있지 않았다. 병원 구석구석을 돌아다니며 구경하는 게 진짜 즐거웠다.

게임 개발자였던 엄마는 회사를 관두고 병실에서 게임을 만들었다. 내가 상태가 나쁠 때는 주로 날 간호했지만 내 컨디션이 조금이라도 나아지는 날이면 엄마는 노트북과 싸움하며 무언가를 만들었다. 일을 관두고 병실에서 나만 보던 엄마에게 내가 말했다.

"엄마, 나 은냥이가 너무 보고 싶어요. 은냥이는 우리가 집에 없는데 너무 외롭지 않을까."

은냥이는 내가 입원하기 전 엄마가 데려와 키우던 고양이였다. 엄마는 아빠가 매일 밤 은냥이를 돌보기 때문에 걱정하지 말고 나보고 빨리 회복하라는 얘기만 했다.

그러던 어느 날이었다.

"도형아, 엄마가 게임으로 은냥이를 매일 볼 수 있게 만들어 줄까?"

엄마가 말했다. 난 뛸 듯이 기뻤고 당장 은냥이를 볼 수 있게 만들어달라고 했다. 내 손으로 은냥이에게 먹이를 주고, 같이 놀아주고 싶었다. 난 은냥이가 보고 싶어 매일 밤 병실 창문에서 보이는 우리 집 거실을 망원경으로 살펴보곤 했었다. 가끔 아빠가 나를 향해 손을 흔드는 게 희미하게 보이긴 했지만, 망원경은 아빠가 안고 있는 은냥이 얼굴까지 자세히 보여주진 못했다.

은냥이를 데리고 온 날이었다. 엄마는 은냥이를 유기 묘 보호소에서 데리고 왔다고 했다. 내가 동생을 낳아 달라고 갖은 떼를 부리던 그해, 엄마는 유기 묘 보호소에 들렀고 유난히 큰 목소리로 구슬프게 울어대던 은냥이를 만나게 되었다고 했다. 은냥이가 우리 집에 온 날을 기억한다. 은냥이에게 무슨 일이 있었던 건지 은냥이는 사람을 보고 숨었고, 어두운 곳에 들어가 누구보다 큰 목소리로 "냐옹 냐옹" 아기 울음소리를 내뱉었다. 사시나무처럼 떨던 아기 고양이 은냥이는 소파 밑에 들어가 떨며 계속 울었다. **나는 은냥이가 소파 밖으로 나오길 기다렸다.** 온갖 간식과 장난감을 갖다 대며 은냥이를 세상 밖으로 꺼내고 싶었다.

사람을 무서워했던 은냥이와 친해지는 데는 시간이 오래 걸렸다. 은냥이는 특히 새로운 사람들을 만나면 불에 덴 것처럼 놀라 피하며 구석에서 떨었다. 또 무엇이 불안했는지 자기 몸을 피가 나도록 핥아 상처를 내고 있었다. 그런 은냥이가 소파 밑에서 기어 나오고 내 앞에 앉아 떨지 않기까지 엄마와 아빠. 나는 최선을 다해 은냥이를 사랑해줬다. 사시나무처럼 떨던 은냥이의 떨림이 잦아들었고, 은냥이는 어느새 내 침대에 올라와 함께 잠들기 시작했다. 그렇게 은냥이는 우리 가족이 되고 있었다.

선우를 처음 본 건 2022년 11월이었다. 자수성 교수님 외래에 방문한 선우는 내 눈에 이상하도록 은냥이와 닮은 아이였다. 여느 때처럼 병원 산책을 하고 있던 나는 흉부외과 외래 진료실 의자에 앉아 엄마와 쉬고 있었다. 오목가슴 수술 전담이었던 자수성 교수님은 어린이 환자가 많아 내 또래 아이들이 외래 때 오랫동안 대기를 하곤 했다. 선우를 처음 본 날이 똑똑히 기억난다. 뭔가를 계속 중얼거리던 선우는 또래 친구들이 오자 불에 덴 것처럼 구석으로 가 아이들과 어울리지 못하고 쳐다만 보고 있었다. **불안한 듯 손톱을 뜯는 선우 모습이 은냥이 같았다.**

"8601520 강선우 들어오세요."
간호사 쌤이 선우 이름을 불렀을 때 난 은냥이와 닮은 아이의 이름이 선우란 걸 알게 됐다. 그 뒤로 선우는 종종 병원 진료를 보러 왔고, 몸이 약해서인지 여러 진료과 외래를 보며 내 입원 기간 자주 마주치는 단골이 되었다. 은냥이를 보고 싶어 했던 만큼 한동안 선우가, 내 머릿속에 맴돌기 시작했다.

추운 계절에 들어온 병원에 따뜻한 봄바람이 불기 시작했다. 엄마는 주말에 아빠와 교대하는 걸 빼곤 매일 내 침대 옆 소파에서 잠들었다. 그런데 누워 있으면 한없이 작고 말랐던 엄마 몸이 이상하게 배만 볼록 나오기 시작했다. 처음엔 개구리가 물 먹은 정도였는데 시간이 지나다 보니 복어처럼 배가 나오기 시작했다.

"메롱 메롱, 엄마는 돼지처럼 배 나왔대요. 배 나왔대요~."

엄마 놀리기가 취미인 나는 엄마 배가 페파피그 만큼 커졌다고 놀려댔다. 평소라면 엄마는 "도형이 너." 하며 웃으며 나를 흘겨보거나 똑같이 "메롱 메롱, 은도형은 꿀돼지래요. 꿀돼지래요." 하며 똑같이 놀리곤 했었을 거다.

그런데 그날 엄마는 날 흘겨보거나 놀리지 않았다. 이상하다고 생각했는데 엄마가 말했다.

"도형아, 실은 엄마 배 속에 지금 도형이 동생이 있어."

"....!!!"

"헉. 뭐라고요?"

내 동생이 지금 엄마 배 속에 있다니. 드디어 엄마가 내 소원을 들어줬구나. 난 크게 "오예!"를 외쳤다. 내 친구 서진이도, 준후도 모두 동생이 있었는데 난 동생이 없어 늘 혼자였다. 엄마와 아빠한테 그렇게 동생을 만들어 달라고 했건만 엄마 아빠는 대신 고양이를 키우라며 은냥이를 데리고 온 것이다. 은냥이가 있어도 난 동생이 필요했다. 은냥이는 내 말을 전혀 못 알아들었기 때문이다.

난 동생이 생긴다는 말에 흥분해 엄마 배에다 대고 얘기했다.

"동생아. 빨리 나와라.!!"

엄마는 웃으며 말했다.

"도형아, 동생은 지금 나오라고 나오는 게 아니야. 이번 겨울에 나올 거야. 동생 태어나면 도형이가 잘해줄 수 있지?"

"그럼. 당연하죠. 내가 밥도 주고 동전 모은 것도 줘야지. 오예~~."

동생이 나처럼 크리스마스에 태어나 둘이 같이 생일 파티를 하면 좋겠다고 생각했다. 나는 신이나 엉덩이를 흔들고 다리를 흔들며 개 다리 춤을 췄다. 병원에 들어와 가장 신나는 순간이었다. 엄마는 그런 내 모습을 보고 깔깔대고 웃었다. 아니, 이번엔 아예 일어나 나보다 더 신나게 개다리 춤을 추었다. 배가 볼록 나온 엄마가 추는 개다리 춤이 너무 웃겨 난 낄낄대며 더 신나게 춤을 추었다.

엄마는 가끔 엄마 배에 내 손을 가져다 댔다. 엄마 배에 손을 대고 있으면 동생이 발로 빵. 축구 선수보다 더 세게 엄마 배를 차곤 했다. 엄청 신기했다. 내 동생은 분명 나보다 더 축구를 잘할 것만 같았다. 엄마는 얼마 후에 아기가 여자라며 여동생 이름을 지어 달라고 했다. 여동생이라니. 난 더 기뻤다. 난 여동생이 태어나면 꼭 축구를 가르치겠다고 했다. 엄마는 웃으며 그러라고 했다. 갑자기 예쁜 이름이 생각났다. 우리 반에서 제일 예쁜 내 여자친구. 김도경. 그래, 이름을 도경이로 지어야겠다. 난 엄마에게 얘기했다.

"엄마. 우리 동생 이름 은도경으로 해요. 어때요? 완전 이쁜 이름이죠?"

"은도경?... 괜찮은 것 같은데. 도형아. 너 진짜 천재다."

엄마는 어떻게 그렇게 멋진 이름을 생각해냈냐 했다. 연신 나를 칭찬해줬고 아빠한테 빨리 알려줘야겠다고 당장 전화했다. 스피커폰으로 아빠 목소리가 흘러나왔다,

"와. 도형아. 우리 도형이 진짜 대단하다. 어쩜 그렇게 멋진 이름을 생각해냈어?"

난 어깨를 으쓱하며 말했다.

"에잇. 아빠. 그 정도는 껌이죠...큭큭. 어때? 나 대단하죠?"

"그래. 정말 대단하다. 우리 도형이."

아빠의 목소리와 함께 엄마는 내 볼을 비비고 나를 안아줬다. 뱃속의 도경이도 자기 이름이 맘에 들었는지 힘차게 엄마 배에 발길질했다. 우리는 그렇게 깔깔깔 웃었다.

내 꿈은 의사였다. 처음부터 꿈이 의사는 아니었다. 하루에도 수십 번 꿈이 바뀌던 나는 병원에 오래 있으면서 꿈을 정했다. 1년 동안 소아병동을 거쳐 간 수많은 아이가 있었다. 침대에서 움직일 수 없이 누워만 생활했던 단우 형아, 백혈병에 걸려 하늘나라로 간 온유, 잊을 만하면 어김없이 찾아와 입원과 퇴원을 반복하던 서이, 매일 밤 밤새도록 울어대던 울보 이솔이까지 너무 아파하는 아이들 모습이 마음 아팠다.

"엄마, 교수님이 하늘나라 가면 난 누가 치료해줘요?"

나를 수술해주고 아픈 걸 낫게 하는 의사 선생님이 하늘나라로 가면 누가 날 치료해줄지 걱정됐다. 엄마는 걱정하지 말라고 자수성 교수님은 내가 어른 될 때까지 건강하게 날 지켜주실 거라고 했다.

"아니, 자수성 교수님이 할아버지가 돼서 여기 병원에 다른 할아버지들처럼 침대에 누워서만 살 수 있잖아요. 그럼 그때는 수술을 못 하는데 어떡해요?"

난 매일 마주치는 움직이지 못하는 할머니, 할아버지처럼 나이가 들면 그때는 누가 날 지켜줄 건지가 걱정됐다. 엄마는 웃으며 말했다.

"도형아, 그땐 네가 의사 선생님이 돼서 교수님을 치료해주면 되잖아."

그러고 보니 엄마 말이 맞았다. 내가 의사 선생님이 돼서 자수성 교수님도 치료해주고, 아픈 친구들도 수술해주면 되는 거였다. 그날 난 꿈이 생겼다. 의사 선생님이 되려면 진짜 공부를 잘해야 한다고 엄마가 얘기했다. 안 그래도 엄마는 병실 가득 문제집을 가져왔다. 열심히 문제집을 풀기 시작했다.

'빨리 의사 선생님이 돼서 아픈 사람들을 다 고쳐줘야지.'

우리가 사는 동네는 대서동이다. 이 동네 특징은 놀이터에서 노는 애들이 별로 없다는 거다. 엄마 말로는 이 동네는 아이들이 공부를 정말 열심히 해 밤늦게까지 잠도 안 자고 공부한다고 했다. 병원에 입원하기 전 난 동네 다른 아이들처럼 영어 유치원을 다녔고, 초등학생이 되면 초등 의대 반, 폴리, 시매쓰, 논술학원, 영재교육원 등에 들어가기 위해 시험을 봐야 했다. 난 영유를 5살 때부터 다니기 시작했고, 다른 아이들과 영어로 대화하고 Writing을 했다. 영어학원 최상위 반에 들어가기 위해 집에 와서도 화상 영어 수업을 했고, 일과가 너무 빡빡해 친구를 만날 시간도 없었다. 유치원 수업이 끝나면 피아노, 미술, 바이올린, 축구, 논술, 코딩, 학습지에, 잠들기 전까지 빡빡한 스케줄로 가득 차 있었다. 너무 힘들다고 그렇게 얘기했건만 엄마는 듣지 않았다.

"도형아, 너 현진이 알지? 108동 현진이는 밤 11시까지 문제집 풀다 잔대. 다인이는 너보다 학원도 3개 더 다니고 밤늦게 집에 와서 책까지 읽고 잔대."

엄마 말에 나는 "어휴…." 한숨을 쉬고, 졸린 눈을 비비며 문제집을 더 풀다 잠들곤 했다.

그런데 엄청난 변화가 생겼다. 내가 병원에 입원한 후로 엄마는 더 이상 공부하란 잔소리를 하지 않았다. 엄마는 말했다.

"도형아, 엄만 이제 소원이 딱 하나밖에 없어. 심장이 빨리 와줘서 우리 도형이가 더 아프지 않고 건강한 것. 딱 그거 말고 바라는 게 없어."

엄마는 늘 훌륭한 사람이 되기 위해 공부를 열심히 해야 한다고 얘기했다. 그런데 내가 아프고 나서 깨달은 게 있다 했다. 세상 어떤 것도 "건강"보다 우선되는 게 없다는 걸. 늘 바빴고 다급했던 엄마가 속도를 줄이기 시작했다. 나보다 한참 앞에 걸어 빨리 따라오라 했던 엄마가 이젠 내 옆에서 내 손을 잡고 심지어 "느리게" 걷기 시작했다. 걸음이 빠른 엄마 뒤통수만 보며 따라가기 바빴던 난 엄마가 달팽이가 된 것 같다고 생각했다. **난 "달팽이가 되어 버린 엄마"가 좋았다.**

갑자기 잔소리를 안 하기 시작한 엄마가 너무 낯설었다. 그래서 더 불안하기도 했다. 처음엔 신이나 TV를 계속 봤다. 모든 채널을 돌려보며 만화란 만화는 다 섭렵했다. 집에서는 볼 수 없었던 TV를 보다 보니 이거 참 신세계였다. 브래드 이발소, 뽀로로, 또봇, 짱구는 못말려, 엉덩이 탐정 등 세상에 이렇게 재밌는 게 많이 있었다니. 이렇게 재밌는 걸 엄마는 왜 못 보게 막았나 싶었다. 그렇게 TV를 한참 보다 잠도 맘껏 잤다. 난 밤마다 숙제하다 늦게 자서 유치원 버스 하원 길에 매번 잠들었다. 버스를 타고 덜컹덜컹 동네를 돌다 보면 잠이 솔솔 왔다. 하원 도우미 선생님이 "도형아!! 도! 형! 아!!" 천둥 번개 같은 소리로 여러 번 깨우고, 내 팔을 흔들며 계속 깨워야 겨우 눈을 뜰 수 있었다. 이곳 소아병동은 아픈 걸 빼면 내게 천국이었다.

엄마와 자주 가던 지하 1층엔 내가 좋아하던 공간이 있었다. "기부자 명예의 전당"이란 곳이었다. 화면 맨 위에 100만 원 이상. 1,000만 원 이상, 1억 이상 등 글자가 바뀔 때마다 빼곡하게 쓰여 있는 사람들 이름 화면이 바뀌었다. 난 그곳에 앉아 사람들 이름 바뀌는 걸 구경하는 걸 좋아했다.

"근데 엄마 기부가 뭐예요?"

기부자 명예의 전당이란 말이 무슨 말인지 궁금했다. 엄마는 병원에 아픈 사람들이 돈이 부족해 치료받지 못하면 치료받을 수 있게 마음씨 좋은 사람들이 병원에 그 돈을 주는 거라 했다. 쉽게 설명해 우리 유치원에서 크리스마스 행사로 캄보디아의 형들에게 그림 편지를 쓰고, 자기가 모은 돼지 저금통 돈을 전달하는 것과 비슷한 거라 했다.

우리 집 냉장고에 붙어 있는 10살 캄보디아 라뷔 형 사진. 라뷔 형 사진에는 사진과 함께 이름과 장래 희망 군인. 10살 나이가 적혀 있었다. 미셸 티처가 라뷔 형은 지금 밥을 사 먹을 돈이 없어 자주 굶고 아프다고 이야기했었다. 난 작년 크리스마스에 내 새끼 돼지 입을 열어 형에게 줄 돈을 챙기고 편지를 썼다. 라뷔 형이 이걸로 밥을 사 먹고 힘을 내서 형의 꿈, 군인이 꼭 되길 바란다고 썼다. 엄마가 라뷔 형 얘기를 하니 무슨 말인지 이해가 됐다.

"엄마, 나 돼지 저금통에 있는 돈 다 여기 병원에 기부할까? 그럼 내 이름도 저기에 나와?"

날 쳐다보던 엄마가 얘기했다.

"좋지. 우리 도형이는 어쩜 그렇게 멋진 생각을 항상 할까? 근데 여긴 100만 원부터 기부한 사람들 이름이 나오네. 열심히 더 모아야겠네."

"그럼 내가 말 잘 듣고 공부 열심히 하면 엄마가 용돈 계속 줄 거예요?"

"도형아, 용돈 말고 나중에 도형이가 커서 스스로 번 돈으로 기부하는 게 낫지 않을까?"

"왜 그래야 하는데요?"

"기부는 내 돈으로 남을 도와주는 거야. 자기가 열심히 번 돈으로 남을 도와주는 게 더 보람 있는 일이거든. 돈이 많은 사람들 모두 기부하진 않아. 돈을 적게 벌어도 자기가 할 수 있는 능력껏 남을 도울 수 있는 마음을 가진 사람들이 진짜 훌륭한 사람들이거든. **엄마는 도형이가 열심히 힘들게 번 돈을 남을 위해 쓸 수 있는 마음을 가진 사람이 됐으면 좋겠는걸.**"

엄마 말에 난 갑자기 공부를 열심히 해야겠다고 생각했다. 의사 선생님이 되어서 아픈 사람들도 고쳐줘야 하고, 기부도 해야 하고 할 일이 너무 많았기 때문이다. 엄마 잔소리 없이 난 스스로 문제집을 풀기 시작했다.

난 문제집을 풀고 엄마는 내 옆에서 일했다. 엄마는 어느 날 내게 엄마 컴퓨터의 뭔가를 보여주겠다며 나를 불렀다. 엄마 옆에 앉아 화면을 같이 보는데 헐…. 화면 안에 정말로 은냥이가 있었다. 은냥이와 똑같은 하얀 털의 고양이.

'우와 진짜 은냥이랑 비슷하다.'

화면으로 보는 은냥이가 너무 반가웠다. 은냥이의 모습은 처음 만난 순간 그 모습 그대로였다. 은냥이가 우리 집에 처음 온 날 엄마와 아빠는 은냥이를 상자 안에 담아 데리고 왔다. 엄만 사람을 피하던 은냥이가 살던 곳을 떠나 다른 곳으로 이동한다는 걸 직감적으로 알았던 건지 날카롭게 발톱을 드러내고 엄마 품에 안기려 하지 않았다고 했다. 상자에 담겨 우리 집에 온 은냥이는 상자 속에서 얼굴만 내밀어 나를 보았다. 그게 은냥이와 나의 첫 만남이었다. 엄마는 그 순간을 그대로 기억하고 있었다. **내가 처음 본 아기 은냥이, 첫 만남이 새록새록 떠올랐다.**

"엄마, 근데 은냥이 지금은 이것보다 훨씬 커버렸잖아."

난 엄마에게 이건 아기 때 모습이니 그때보다 더 큰 은냥이 모습도 필요하다고 얘기했다.

"도형아, 난 네가 그런 말을 할 줄 알았지. 자, 그럼 잠깐 눈 감았다 내가 뜨라 할 때 떠."

난 콩닥콩닥 설레기 시작했다. 알았다며 눈을 감았고 엄마는 준비가 다 되었는지 내게 눈을 뜨라 했다. 눈을 뜨고 화면을 보니

"와…."

글쎄 은냥이가 5마리가 있었고 아기 은냥이부터 어른 은냥이 모습까지 다양한 모습들이 있었다.

"도형아, 이 게임은 아기 은냥이가 어른이 될 때까지 친구가 되

어 잘 키워 주는 게임이야."

"어른이 될 때까지 키워 준다고요? 언제 어른이 될 수 있는데요?"

"얼마나 시간이 걸릴지는 아무도 몰라. 근데 매일 매일 먹이도 주고, 같이 잘 놀아주고, 좋은 말도 해주고 많은 걸 해줘야 금방 어른이 될 수 있어."

"매일 매일 많은 걸 해줘야 한다고요?"

"응. 도형이도 8살이 될 때까지 엄마 아빠가 많이 돌봐주고 사랑해주고 그랬지? 지금도 많이 사랑해주고 있고. 도형이는 엄마 아빠의 사랑을 먹고 무럭무럭 자란 거야."

"아하! 그럼 나도 은냥이를 매일 잘 보살펴주고 사랑해줘야지. 은냥이가 빨리 어른이 되게."

"도형아, 은냥이 마음을 제일 잘 알고 사랑해주고 지켜주는 사람만이 은냥이를 어른 고양이로 키울 수 있어."

'은냥이 마음을 제일 잘 알고 사랑해주고 지켜주는 사람?'

"네가 은냥이의 최고의 친구가 되어 줄 수 있겠어?"

난 문득... 내가 은냥이를 어른 고양이로 잘 키울 수 있단 생각이 들었다.

기다리는 심장은 오지 않았다. 엄마 배는 점점 더 풍선처럼 부풀고 있었다. 주말에 아빠와 교대하고 집에 다녀온 엄마가 날 위해 선물을 가져왔다며 상자를 내밀었다.

"두구두구 두구두구 과연 상자 안에는 뭐가 들었을까요?"

난 상자를 열기도 전에 너무 신이나 춤까지 추며 한껏 흥 폭발 침 폭발했다. 드디어 오픈! 상자를 열어보니 '엥? 이건 뭐지.' 상자 안엔 고양이 귀 모양의 머리띠가 있었고, 그 밑으로 상자 하나가 더 있었다. 엄마는 웃으며 입으로 빨리 열어보란 시늉을 했다. 작은 상자를 열어보니 개봉박두! 상자 안에 들어 있는 건 핸드폰.

"오…. 예!!! 대박~~~엄마 사랑해요!!"

난 보자마자 엄마 볼에 뽀뽀하며 귀한 핸드폰을 끌어안았다.

'내가 정말 갖고 싶었던 핸드폰.'

학교에 갔을 때 아이들 반 이상이 핸드폰을 갖고 있었고, 난 그 모습이 부러웠다. 게임을 하고 전화로 엄마에게 전화하고 친구와 영상통화를 하는 그게 정말 부러워 엄마에게 사달라고 그렇게 졸랐건만 엄마는 내 말을 전혀 들어주지 않았다. 학교에 가는 시간보다 병원에 입원해 있는 시간이 많은 나였기에 엄마는 핸드폰이 필요가 없다 했다.

"도형아, 진짜 선물은 여기 핸드폰 안에 더 있어."

'이것보다 더한 진짜 선물이 있다고???!!'

나도 모르게 눈이 커져 핸드폰을 이리저리 만져봤다. 엄마는 내 핸드폰을 들어 핸드폰 바탕 화면에 있는 웬 고양이 모양 아이콘을 눌렀다. 고양이 모양 아이콘이 활성화됐다. 로딩된 후 바탕 화면에 나타난 아기 은냥이.

'로그인하시겠습니까.'

아이디와 비밀번호를 입력하는 창에 엄마는 내 이름 은도형이 아이디고, 비밀번호가 1225 내 생일이니 그걸 입력하라고 했다. 엄마 말대로 글자를 입력하자 화면이 바뀌며 상자 안에 들어가 있는 은냥이가 보였다. '레벨 1' 이제 막 아기의 모습을 한 은냥이였다. 그날부터 난 엄마 지시대로 게임에 매일 들어가 밥도 주고, 놀아도 주고 해서 은냥이를 '레벨 2'로 만들었다. 은냥이는 제법 어린이 고양이가 되어 가고 있었다.

2023년 초겨울, 병원은 이른 크리스마스를 준비하고 있었다.

엄마와 나는 도경이와의 만남을 며칠 앞두고 있었고, 얇은 환자복이 춥다며 엄마는 내게 겉옷을 입히고 스카프를 매줬다. 갑자기 엄마가 내게 이번 크리스마스 선물로 뭘 받고 싶냐 물었다. 문득 꼭 받고 싶은 선물이 떠올랐다.

"산타할아버지가 꼭 건강한 심장을 가져다줬으면 좋겠어요."

엄마는 순간 말문이 막힌 듯했다. 목이 멘 건지 헛기침하던 엄마가 미소로 대답했다.

"도형아, 이번 성탄절엔 산타할아버지가 꼭 너한테 건강한 심장을 주실 거야. 할아버지는 도형이처럼 착하고 예쁜 아이 소원을 저기 하늘 위에서 다 듣고 계시거든. 이번에는 절대 깜빡하지 말라고 우리 기도하자."

"알았어요. 엄마. 진짜 산타할아버지가 절대 안 깜빡하셨음 좋겠다. 할아버지가 선물 가져오심 우리 퇴원해서 파티할까요?"

"파티, 아주 좋지. 도형아, 그땐 우리 식구가 다섯 식구가 되어 있겠다."

"왜 다섯 식구예요?"

"엄마, 아빠, 도형이, 도경이, 은냥이 이렇게 다섯이지."

"와, 진짜 신나겠다. 우리 파티할 때 피자도 꼭 시켜주세요."

난 다섯 식구와의 파티가 너무 기대돼 매일 매일 성탄절이 오기만을 기다렸다. 이번 성탄절 생일은 집에 갈 수 있다니 나는 병실 달력에 크게 동그라미를 하고 내 생일 성탄절에 "홈 생일 파티"라고 크게 써놓았다.

엄마는 거짓말쟁이였다. 크리스마스가 가까워져 오는데도 심장이 오고 있단 소식조차 없었다. 난 숨 쉬는 게 점점 힘들었고 갑작스러운 호흡곤란으로 여러 번 병실에서 응급 처치들을 하게 됐다. 컨디션이 좋았던 어느 날, 엄마는 대형트리가 있는 1층에 나와 함께 내려가자고 했다. 트리 옆에 있는 소원 트리. 엄마는 소원 트리 앞에 멈춰 나와 함께 소원엽서를 달아놓자고 했다. 이미 많은 사람이 각자의 소원을 적어 소원 트리 위에 달아놓았다. 엄마는 내게 펜을 건넸고 난 "이번 성탄절엔 우리 가족 모두 집에서 생일 파티하게 해주세요."라고 적었다. 엄마는 내가 적은 엽서를 정성스레 소원 트리에 달아놓았다. 소원 트리에 달아놓았으니 분명히 산타 할아버지가 내 소원을 들어줄 거라 말했다.

2023년 12월 24일.

퇴원의 기미가 안 보였다. 내 병실 내 자리엔 크리스마스 양말이 걸려 있었다. 자고 일어나면 산타 할아버지가 양말 안에 건강한 심장을 두고 가실 거라 믿었다. 엄마 배가 터지기 직전 풍선처럼 너무 커져 버렸다. 예정일이 지나도 도경이는 나올 생각이 없었고 엄마는 부른 배를 하고 병실 소파에 누워 잠드는 걸 힘들어했다. **엄마는 작은 병실 한 칸에서 아픈 나와 뱃속의 도경이 두 명의 생명을 지키고 있었다.** 삭막한 병동에 누군가가 캐럴을 틀어놨다. 어느 병실에서인지 흘러나오는 작은 크리스마스 캐럴이 내 맘을 위로하는 것 같았다. 숨쉬기가 점점 힘들어졌지만, 엄마는 내일 산타 할아버지가 오셔서 크리스마스의 기적을 만들어 줄 거라고 내게 말했다. 난 산타 할아버지가 오시길 간절히 기도하며 잠이 들었다.

2023년 12월 25일

저녁노을이 지는 아름다운 오후였다. 난 또다시 호흡곤란을 일으켰고 병실엔 '코드블루' 소리가 다급하게 울려 퍼졌다. 급하게 자수성 교수님과 많은 쌤이 병실로 뛰어 들어왔고, 멈춰가는 내 심장을 다시 뛰게 하기 위한 기계들이 붙었다. 땀을 흘리며 자수성 교수님과 다른 쌤들이 긴급하게 CPR을 했고 얼마 후 난 결국 숨을 쉴 수 없게 되었다. 만삭의 엄마가 울부짖었다. 내 앞에서 단 한 번도 눈물을 보이지 않았던 엄마의 짐승과도 같은 울부짖음이었다. 저녁노을이 빨갛게 소아병동을 물들이던 생일날, 난 그렇게 세상을 떠났다. 복도엔 엄마의 울부짖음과 작은 캐럴 소리만이 울려 퍼졌다. 울부짖는 엄마를 부축하는 사람들, 그리고 병동 문을 닫고 자신의 아이가 다음 차례가 되지 않기를 기도하며 흘리는 작은 눈물의 소리까지 내 귀에 들리는 듯했다. **산타 할아버지는 결국 오시지 않았다.**

나를 봐. 내가 여기 있잖아.

나를 봐. 내가 여기 있잖아.

엄마는 항상 말했다. 간절함을 이기는 건 없다고. 처음엔 무슨 말인지 몰랐다. 너무 어려운 말이라 엄마가 그 말을 내게 했을 때 내 반응은 "엥?" 이었다. 그런데 그 말을 이제야 이해하기 시작했다. 2023년 12월 25일. 난 분명 가족을 떠나 말 그대로 "하늘나라"로 간 것이지만 진짜 "하늘나라"에 가지 않았다. 대신 난 여기 소아병동에 계속 있게 됐다. 심지어 멈춰버리긴 했지만 내 손에 엄마가 준 핸드폰과 고양이 머리띠가 있었다. 왜 그런지 이유는 알 수 없다. 그냥 난 여기에 계속 살게 됐고 다시 또 소아병동의 봄, 여름, 가을, 겨울 사계절을 보내게 됐다. **산타할아버지는 오시지 않았지만 간절했던 크리스마스의 기적은 이뤄졌다.**

엄마가 며칠 후 다시 여기 소아병동에 오게 됐다. 그토록 만나기를 기다렸지만 나오지 않았던 도경이가 내가 떠난 며칠 후에야 세상 밖으로 나왔다. 분만실이 같이 있는 소아병동에서 엄만 이 주일을 도경이와 함께 했다. 도경이의 얼굴을 처음으로 봤다. 너무 작은 도경이는 제대로 눈을 뜨지도 않고 마냥 울기만 했다. 엄마는 도경이가 울 때 함께 울었다. 내가 세상을 떠난 병실과 엄마 병실은 같은 소아병동에서도 끝과 끝에 있었다. 도경이를 안고 복도에 나온 엄마는 내 병실 가장 반대에 서 있었다. 엄마는 마치 중앙 간호사 데스크를 기준으로 절벽의 세상이 있는 것처럼 내가 있었던 곳, 소아병동을 넘어오지 않았다. 가끔 밤마다 하염없이 내 병실을 바라보며 눈물짓다 병실로 들어갔다.

"엄마 나 여기에 있어."

엄마가 반대쪽에 있는 날 볼 때 난 크게 엄마를 향해 외쳤다. 엄마는 내 목소리가 들리지 않는 듯했다. 원래도 귀가 안 좋아 보청기를 끼고 있는 엄마인지라 난 엄마에게 배운 수화로 엄마를 불렀다.

"나 여기 있다고!!"

바쁘게 움직이는 내 수화에도 엄만 초점을 잃고 멍하니 내 병실 쪽을 바라보았다. 엄마가 나를 못 알아보고 내 목소리를 못 들어서 섭섭한 나는 한달음에 엄마 병실에 달려가 엄마 옆에 얼굴을 들이밀고 엄마를 붙잡고 나를 봐달라고 했지만, 엄마 눈엔 내가 보이지 않았다.

그래도 난 좋았다. 엄마가 날 그리워하며 내가 있었던 병실을 계속 바라보곤 했기 때문이었다. 그러나 그건 그렇게 오래 가지 않았다. 엄마는 슬픔에서 헤어나 아기 도경이에게 눈을 돌리고 있었다. 아기 도경이를 보고 울곤 하던 엄마가 힘을 내 도경이를 보고 처음으로 미소 지었다. 정말로 기다렸던 도경이가 어느 날 밀기 시작했다. 내게서 엄마를 뺏어간 것 같은 생각이 들어 도경이가 미워 꼬집어 주고 싶었지만 꼬집어지지 않았다. 엄마와 도경이는 얼마 후 퇴원했다. 난 괜히 엄마가 미워 따라가지 않았다. 소아병동 밖을 떠나는 엄마와 도경이의 뒷모습을 바라보기만 했다. 엄마가 한 번은 뒤돌아 내가 있었던 병실을 봐줄 것만 같았다. 그런데 엄마는 정말로 단 한 번도 뒤돌아보지 않고 병실 밖을 나섰다. 그제야 내 눈에 눈물이 흐르기 시작했다.

소아병동 내가 마지막으로 보냈던 맨 끝 병실. 병동 끝 창문에선 우리 집 109동이 보인다. 난 매일 창문 밖을 보며 엄마, 아빠, 도경이의 모습을 보려 했다. 망원경이 없어 그토록 보고 싶은 엄마, 아빠, 도경이의 모습이 잘 보이지 않았다. 차마 병원 밖을 나가 혼자 건널목을 건너 집에 가볼 수는 없었다. 생각해보니 한 번도 건널목을 혼자서 건넌 적이 없었다. 엄마 손을 잡고, 항상 건넜던 그 건널목을 나 혼자 건너갈 용기가 없었다. 쌩쌩 달리는 차들. 초록 불이 바뀌어도 줄어드는 숫자를 보며 난 도저히 24의 숫자가 바뀌는 동안 뛰어서 건너편 길에 도착할 수 없었다. 뛰면 숨이 차 쓰러지곤 했던 내가 다시 용기를 내 뛸 수가 없었다. 내가 할 수 있는 최선은 병원 후문 옆 골목길을 걸어 다니는 것뿐이었다. **난 8살 12월 25일에 멈춰 있었다.**

나름 병원에서의 하루는 재밌었다. 동화 속 투명망토를 쓴 것처럼 사람들은 내 모습을 볼 수 없었고, 난 신나서 병원 탐험을 했다. 2동 4층 비상계단에서 흉부외과 간호사 오나정 쌤과 인턴 권태산 쌤이 서로를 챙기고 손을 잡고 비밀 연애를 하는 걸 지켜봤다.

'오. 직관 잼.'

아침부터 만나 계단에서 손을 잡고 알콩달콩 연애하던 쌤들은 자수성 교수님 회진 시간이 되면 전혀 모르는 사람처럼 한 명은 엘리베이터로, 한 명은 계단으로 내려가 서로 다른 방향에서 합류해 회진 대열에 들어갔다.

자수성 교수님은 온종일 정말 바빴다. 진료, 수술, 회진, 회의 24시간이 모자란 것 같은 교수님은 집도 거의 안 가고 6층 연구실에 서 쪼그려 잠들곤 했다. "24시 항시 대기" 간호사 쌤들이 교수님 뒤 에서 종종 부르던 별명이었다. 교수님은 가끔 쪽잠을 자기 전 잠깐 연구실에 일어나 방에서 춤을 추곤 했다. 좁은 연구실에서 혼자 춤 을 추는 교수님 표정이 행복해 보였다.

시간이 흘러 소아병동에 새 사람들이 들어왔다. 1404호엔 김정현이 들어오고 1407호엔 김소윤 1415호엔 정윤건이 들어왔다. 수술을 앞둔 아기들도 많이 들어왔고 다양한 병과 수술로 입·퇴원을 반복하고 소아병동은 새로운 사람들로 북적해졌다. 데스크에 새로운 간호사 쌤도 오셨다. 새내기 간호사 고은님 쌤, 목소리가 뾰로로 루피처럼 달콤한 은님 쌤은 마음이 여려, 아이들이 아파하면 매번 실수했다. 아직 혈관을 잡는 일엔 능숙하지 못해 덜덜 떨며 실수하곤 했지만 그래도 보호자 몰래 아이들 비밀을 가장 많이 아는 제일 착한 쌤이었다. 은님 쌤은 흉부외과 인턴 권태산 쌤을 몰래 짝사랑하는 것 같았다. 흉부외과가 회진 도는 시간이면 조용히 간호사실 구석으로 가 화장을 고치곤 했다. 데스크에 맛있는 간식이 들어오면 무엇보다 권태산 쌤을 주고 싶어 기회를 호시탐탐 노렸다. 고은님 쌤은 권태산 쌤의 연애를 전혀 모르는 것 같았다.

'삼각관계라, 난 고은님 쌤이 오나정 쌤보다 더 나은데 권태산 쌤은 얼빠인가 보다. 남자들이란. 킥킥.'

나중에 알면 마음 아파할까 봐 은님 쌤께 말해주고 싶었는데 아직 방법을 못 찾았다.

'아니, 오나정 쌤 말고 고은님 쌤이 더 낫다는 걸 알려주고 싶은데 어떤 방법이 있을까.'

생각만 해도 꿀잼이었다.

소아병동 토박이 근육맨 송금목 쌤. 목소리는 차갑지만, 마음은 따뜻한 분이었다. 간호사실에 숨겨놓은 아령을 하루도 빠짐없이 했는데 그 힘은 울고불고 도망가는 환자들을 다루는 데 꼭 필요했다. 그런데 나중에 알았다. 송금목 쌤 아이가 1413호에 입원해 있다는 걸.

6인실 가장 안쪽에 입원해 있던 말을 못 하고, 몸을 잘 가누지 못했던 김은성 형. 은성이 형이 송금목 쌤 아이였고, 쌤은 점점 커지는 은성이 형을 돌보기 위해 계속 운동했던 것이다. 은성이 형이 송금목 쌤 아들이라는 것을 아는 사람은 담당 쌤, 수 쌤과 나 뿐이었다. 송금목 쌤은 혹여 다른 보호자들이 간호사가 자기 아들을 돌보느라 다른 아이들을 제대로 보지 않는다고 이야기할까 봐 전문 돌봄 도우미 쌤을 구했고, 다른 환자들의 보호자들이 보는 데서 모든 환자를 모두 똑같이 대한다는 걸 보여주기 위해 은성이 형도 다른 환자들처럼 대했다. 모든 보호자는 간호사와 의사가 자신의 아이만을 최우선으로 돌봐주기를 원했다. 비밀이라곤 하나도 없는, 말 많은 병원에서 비밀을 사수하기 위한 비밀 프로젝트였다. 그런데 은성이 형을 쳐다보는 눈빛과 손길까지 속일 수 있다고 생각했을까. **송금목 쌤 눈빛에 천둥과 번개와 장맛비가 수없이 치고 내리는 게 보였다.** 내 눈엔 그게 보였다.

그러던 어느 날이었다. 음. 소아병동에 고소한 냄새가 흘렀다.
'와. 바로바로 내가 제일 좋아하는 디너타임~.'
내가 제일 좋아하는 배식 카트를 끌고 배식 선생님이 등장했다.

오래 입원한 내가 안쓰러우신 건지 "도형아, 밥 왔어. 우리 도형이 내가 오늘도 선물 갖고 왔지롱." 하며 주머니에서 요구르트, 사탕, 초콜릿 등 다양한 간식을 숨겨와 내게 윙크하며 건네주던 배식 쌤이 난 정말 좋았다. 하얀 옷에 둥근 하얀 모자를 쓰고 있는 쌤이 초코송이 같아 난 쌤을 "송이버섯 쌤"이라고 불렀다. 내가 세상을 떠나고 "송이버섯 쌤"이 한동안 엄마 병실에 산후조리에 좋은 음식들을 따로 챙겨다 주셨다. 엄마는 "송이버섯 쌤"이 놔두고 간 음식들을 보고 늘 조용히 눈물지었다. 고마운 쌤이었다.

엄마가 생각났다. 난 다시 병동 복도 끝에 가서 109동 우리 집을 쳐다봤다. 이 시간쯤이면 늘 불이 켜져 있던 우리 집에 불이 꺼져 있었다.

'이상하네, 어디 갔나. 오늘은 왜 불을 안 켜지?'

그렇게 며칠을 밤마다 지켜봤다. 심지어 매일 보이던 거실 커튼도 사라졌다. 희미하게나마 보이던 엄마 아빠 도경이, 그리고 은냥이가 보이지 않았다. 며칠 후 우리 집엔 다시 환하게 불이 켜졌다. 커튼도 없어진 그곳에 새로운 그림자들이 움직이고 있었다.

'엄마, 아빠는 나를 두고 영원히 떠난 거구나.'

내 맘속에 주룩주룩 비가 내리기 시작했다.

'엄마, 나 여기 있어요. 나 좀 봐봐.'

엄마에게 소리치고 싶었다. 내 목소리가 들리는 곳으로 엄마가 와주길 바랐다. 어떻게 할까 고민하던 중에 소아병동에 새 식구가 들어왔다. 선우였다. 재작년부터 종종 마주쳤던 선우, 그들은 날 몰라도 난 그들을 잘 알기에 선우가 소아병동 문을 열고 온 순간 난 정말 반가웠다. 선우는 엄마와 함께 병실로 들어갔다. 빨리 나오길 오매불망 기다렸다. 드디어 선우가 나온 순간 난 신나는 숨바꼭질을 했다. 소아병동 끝, 내 병실이 있었던 곳에서 선우를 기다렸다. 호기심이 많은 은냥이를 닮은 선우는 오랫동안 알아 온 느낌이 들었다. 그냥 그런 선우 옆에서 나 혼자 주변을 맴맴 돌며 같이 놀고 싶었다. 은냥이가 내게 가까이 오지 않아도 나 혼자 은냥이를 좋아했던 것처럼 말이다. 다른 아이들에게 한 것처럼 어차피 듣지도 못하는 인사를 내 맘대로 신나게 했다.

"안녕, 너 이름이 선우지?"

그런데 웬걸 선우는 놀라 창문 쪽으로 달라붙었다. 선우 눈엔 내가 보이는 거였다.

'하느님, 감사합니다.'

하늘에 계신 하느님과 산타할아버지가 드디어 내 소원을 들어주시러 선우를 내게 보낸 거다. 나를 보고 이야기하고 할 수 있는 친구가, 1년 만에 나타난 것이다. 선우를 본 순간 불현듯 내 소원이 생각났다. 엄마를 만날 수 있는 유일한 방법, 그게 선우가 된 것이었다. 난 선우에게 고양이 게임을 설명했다. 고양이 게임 레벨 5에 도달하면 어떻게든 엄마가 나를 찾아올 거란 믿음이 있었다. 은냥이를 너무 닮은 선우는 내게 크리스마스의 기적을 다시 만들어 줄 수 있을 것만 같았다.

선우가 수술한 날 나는 선우 수술 베드 옆에 누웠다. 마치 내가 수술을 마치고 온 것처럼, 엄마 앞에서 씩씩해 보이는 선우가 얼마나 불안한지, 얼마나 무서운지 난 알고 있었다. 자기 몸을 핥으며 온몸으로 불안을 이겨냈던 은냥이처럼 선우는 고통의 시간을 이겨내고 있으리라 생각했다. 수술실 앞에서 망설였다. 수술실에 들어갔던 7살의 나는 그날부터 끝나지 않은 긴 터널 속을 헤맸다. 수술실 문을 들어가면 또다시 고통의 시간이 반복될 것만 같았다. 날 보며 애써 웃는 엄마 얼굴이 생각났다. 발걸음이 쉽게 떨어지지 않았지만, 힘을 내 보기로 했다. 안에서 떨고 있을 선우 생각에 한 걸음 한 걸음 발을 내디뎠다.

난 머리에 수술 모자를 하고 선우 옆 빈 베드에 누웠다. 어차피 다른 사람들 눈에 내가 안 보이니 선우 눈에만 보이면 된다. 내가 수술을 끝냈고 난 하나도 안 아프니 너도 힘내라고 하고 싶었다. 다행히도 선우는 옆자리 나를 봤고, 바보처럼 웃고 있는 내 모습을 보며 조금은 걱정을 덜었을 것이다. 선우는 기억하지 못하지만, 선우가 수술하는 내내 난 선우 머리맡에서 선우를 지켜봤다. 호흡수가 불안정해지면 선우 손을 잡고 힘내라 응원해줬다. **그게 내가 해줄 수 있는 은냥이를 닮은 아이, 선우를 위한 선물이었다.**

처음엔 선우가 내 미션을 완성해주면 끝이라고 생각했다. 순진하고 착한 선우의 첫 번째 친구가 내가 될 거란 생각은 하지 못했다. 그런데 선우는 진심으로 날 좋아해 줬다. 아무리 친한 친구여도 친구가 날 이기면 난 기분이 나빴고, 날 이기지 못할 것 같은 다른 친구와 친하게 지냈다. 내가 미주 생일에 비싼 생일 선물을 했는데 미주가 내 생일에 그보다 싼 선물을 사 오면 난 미주보다 더 좋은 선물을 주는 친구와 친하게 지냈다. 생각해보니 난 "진짜 친구"를 사귄 적이 없었다.

선우는 달랐다. 내가 자기의 친구가 된 것을 정말 기뻐했고 날 위해선 뭐든지 해줄 것만 같았다. 퇴원하고 집에서라도 내 미션을 완성해줄 것 같은 선우가 조금 더 내 곁에 있어 줬으면 좋겠고, 그런데 아프지는 않았으면 좋겠고 그랬다. 선우가 내가 살아있는 '은도형'이 아니라는 걸 모르길 바랐다. 크리스마스 오기 전까지 난 선우에게 미션을 완료하게 해 엄마를 만나고 싶었건만 그게 끝이 아니게 됐다. 욕심이 더욱더 생기기 시작했다. "진짜 친구"가 되고 싶었다.

길고 긴 터널, 한 줄기 빛을 찾아

길고 긴 터널, 한 줄기 빛을 찾아

"선우야, 무슨 일 있어? 왜 그렇게 멍하게 있어."

도형이가 소아병동에 없다는 은님 쌤 말에 나는 멍해져 있었다. 생각해보니 도형이가 병실에 들어가는 걸 본 적이 없었다. 아니면 여기 복도 창문에서 도형이 집이 잘 보여서 자주 여기로 놀러 오는 건가. 여하튼 내가 열심히 고양이 게임을 하고 있으면 도형이가 이곳으로 다시 놀러 올 것 같단 생각이 들었다. 엄마는 나한테 좀 쉬라고 한 후 옆 소파에 앉아 노트북을 켜고 일하기 시작했다.

'오. 자유의 시간이 돌아왔다.'

엄마가 노트북을 켜고 일하기 시작하면 한동안 집중 모드가 되기 때문에 내가 뭘 하든 상관없었다. 난 몰입해 미간이 찌푸려지고 입이 나와 따 다다닥 자판 두드리는 소리를 내는 엄마를 보고 나서야 슬그머니 옆에 내려놨던 태블릿을 들어 올렸다. 아까 오류가 떴던 미션을 생각해내야 했다. 다시 메시지가 나타났다.

"내 이름을 불러줘."

다시 생각나는 대로 이름들을 타이핑했다. 내 이름도 적어보고, 도형이 이름도 적고 했지만, 정답이 아닌 듯했다. 나중에 도형이가 오면 물어봐야겠단 생각을 하고 다른 보너스 미션을 선택했다. 보너스 점수로 힘이 되는 한 마디를 적으라는 미션이 다시 나왔다. 게임 화면 위 "친구 찬스"란 아이콘이 갑자기 눈에 들어왔다.

'아, 맞다. 이번엔 엄마에게 물어볼까?'

엄마보다 똑똑한 친구 찬스는 없을 것 같았다. 난 엄마에게 힘이 되는 한 마디를 묻기로 했다.

"엄마, 나한테 힘이 되는 말 좀 해줘."

엄마는 내 말에 순간 하던 일을 멈췄다. 평소의 나 같지 않은 말에 놀란 듯했다. 나를 보며 잠시 생각을 정리하는 것 같았다. 그리고 내게 말했다.

"선우야, 고생했어. 넌 정말 최고야."

'오, 바로 저거야.'

시험을 잘 보거나 엄마 말을 잘 듣거나 했을 때 엄마가 항상 내게 해주었던 칭찬. '최고'라는 말. 들을 때마다 기분이 좋아 날 춤추게 했던 말. 바로 그거였다. 난 고양이에게 '넌 최고야.'란 메시지를 적었다. 메시지를 다 입력하자 고양이는 꼬리를 흔들고 '냐옹' 소리를 내며 춤을 추었다. 고양이가 춤을 추는 모습을 보니 내 기분이 더 좋아졌다. 그러고 보니 생각나는 보너스 미션.

'내일은 어떻게든 엄마의 워치를 얻어 5천 보를 걸어야겠다.'

엄마는 내게 고생했으니 오늘 일찍 자라고 말했다. 눈꺼풀이 무거웠고 다시 또 스르륵 잠이 오기 시작했다.

밤새 많은 사람이 병실에 온 것 같았다. 간호사 쌤이 병실에 계속 들어와 내 상태를 체크했다. 엄마는 거의 뜬눈으로 내 옆에 붙어 내 손을 잡은 듯했고, 어렴풋이 나를 바라보고 있는 도형이의 얼굴도 보이는 것 같았다. 꿈인지 현실인지 모를 일이었다. 도형이의 얼굴을 봤을 땐 너무 반가워 인사를 하려 했는데 도형이는 두 손을 포개 귀에 갖다 댄 후 더 자라는 말을 하며 또다시 내게 웃으며 엄지 척을 해 보였다.

'자고 일어나면 아픈 게 더 나아지겠지.'

난 자꾸 감기는 눈을 애써 뜨며 도형이에게 엄지척을 해 보였다.

"선우야, 일어나봐. 우리 선우 눈뜨 볼까, 지금 엑스레이 찍으러 가야 한대."

"엑스레이? 지금 몇 시예요?"

나도 모르게 눈이 번쩍 떠졌다. 아직 병실은 어둑어둑했다. **눈을 떠보니 눈앞에 도형이가 아닌, 엄마가 있었다.** 엄마는 지금 6시라며 엑스레이 찍으러 빨리 내려가야 한다 했다. 잠에서 덜 깬 나는 서둘러 크록스를 신었다. 주렁주렁 폴대를 밀고 오늘은 느리지만 한 걸음씩 걸어보기로 했다. 1층 엑스레이실로 가보니 온 병원 환자들이 엑스레이실 앞에 모였나 보다. 거동을 못 하는 할머니, 할아버지 환자의 이동 침대가 줄줄이 놓여 있었고, 휠체어와 폴대 환자들, 보호자들로 1층 엑스레이 앞이 붐비고 있었다. 입원환자 엑스레이 촬영은 6번 실과 8번 실 둘 중 하나로 그날의 환자 대기 상황에 따라 번호가 나뉘었다.

"과연 선우는 몇 번째 대기일까요?"

대기 숫자를 맞춘 사람이 100원 주기로 내기를 한 나는 10명, 엄마는 8명을 얘기했으나 우리 둘 다 틀렸다. 15명째 순서였다. 다음엔 꼭 맞춰야겠다고 생각하며 주변을 둘러봤는데 어린이 환자는 나 하나였다. 15명의 환자와 보호자까지 그 많은 사람이 모두 나를 쳐다보는 것 같았다. 피 주머니를 차고 힘겹게 걷다 앉아 버리는 나를 보고 옆에 할머니가 말씀하셨다.

"아이고, 우리 아기가 어디가 아파서 여기에 왔나. 나 같은 늙은이들은 괜찮은데 우리 아기가 어디가 그렇게 아팠노."

할머니는 계속 내게서 눈을 떼지 못했다. 다른 어른들도 안쓰러운 눈으로 날 보며 한마디씩 하고 싶어 순서를 기다리시는 것 같았다. 반대편 간병인 아주머니는 내게 사탕을 건네며 "빨리 퇴원해, 아기가 엄청나게 씩씩하네."라고 말했다. '힐, 아기라니요. 저 아기 아닌데요….'라고 대꾸하고 싶었지만, 그냥 조용히 있었다. 내 뒤로 어제 같이 수술한 진짜 아기가 아빠의 아기 띠에 안겨 등장했고 모든 사람의 관심이 다 그쪽으로 쏠렸기 때문이다. 아기가 나타나자 내 등장 때보다 더 큰 탄식 소리와 "쯧쯧" 소리가 들려왔다.

"613번 들어오세요."

내 순서가 되었다. 담당 쌤이 이름을 물었고 난 아주 큰 목소리로 "강선우요!"하고 대답했다. 쌤은 씩씩하다며 내 머리를 쓰다듬어 주곤 엑스레이 찍는 법을 알려주셨다. 절대 움직이지 말고 양팔을 만세 하라니. 수술을 하고 두 팔을 번쩍 드는 건 바위를 드는 것처럼 힘들었다. 그래도 할 수 있는 한 최대한 팔을 들고 엑스레이 촬영을 마치고 나니 쌤이 너무 잘했다며 호주머니에 사탕을 하나 넣어 주셨다. 엑스레이 촬영을 끝내고 지나가는 길에 청소하시는 선생님과 다른 간병인 선생님들까지 내게 힘내라며 사탕들을 건넸다. **아침 산책을 끝내고 병실에 돌아오니 도토리를 모아놓은 다람쥐처럼 사탕이 주머니에 불룩 쌓였다.**

아침밥을 먹고 있는데 "똑똑" 노크 소리가 들렸다.

"교수님 회진입니다."

자수성 교수님과 어벤져스 팀이 들어왔다. 비둘기 자수성 교수님은 오늘은 공작새가 날개를 편 듯 더욱 자신감이 넘쳐 보였다. 공작새 날개 뒤로 곱슬머리 쌤과 다른 쌤들이 공작새 깃털을 골라 주고 있는 것만 같았다.

"선우 컨디션 좀 어떤가요?"

수술이 잘됐다고 또다시 일장 연설한 후 자수성 교수님은 내 컨디션을 물어봤다. 엄마는 선우가 어제 많이 아파했고 다행히 오늘은 조금 더 좋아진 것 같다고 말했다.

"선우야, 힘들어도 많이 걸어야 해. 엑스레이에 폐가 좀 쪼그라져 있거든. 많이 걸어야 폐가 펴져. 오늘은 많이 걸어."

교수님이 나가셨다.

"엄마, 워치 좀 줘봐."

엄마 시계를 네가 왜 차려고 하냐는 엄마에게 난 "교수님이 많이 걸으라고 했잖아. 나 오늘 오천 보 걸을 거야."라고 말했다.

"오천 보? 선우야, 수술한 지 하루밖에 안 지났는데 어떻게 오천 보를 걸어. 너무 무리하지 마."

오천 보를 걸으면 보너스 점수가 올라가 고양이 레벨이 올라갈 수 있었다. 난 엄마에게 계속 졸랐고 엄마는 마지못해 내게 워치를 채워주며 쉬엄쉬엄 걷자고 했다. 워치를 만져 게임과 연동시켰다.

오전 시간은 항상 바빴다. 피 주머니 비우고 혈압 재고, 항생제 맞고 네블라이저를 하니 시간이 훌쩍 가버렸다. 난 엄마와 산책하러 가자며 서둘러 신발을 신었다. 혹시나 병동 밖에 도형이나 서이가 없나 두리번거렸다. 둘 다 오늘따라 보이지 않았다. 간호사 데스크를 지나가려는데 흉부외과 곱슬머리 쌤을 만났다. 가슴에 흉부외과 공진영이라 쓰여 있었다. 공진영 쌤은 지나가는 날 세워 "선우야, 많이 안 아파? 진짜 괜찮아?"라고 물었다. 내가 아무 말도 안 하자 다시 "진짜 괜찮은 거 맞지?"라고 두 번이나 물었다. 난 마지못해 대답했다.

"네. 괜찮아요."

병동 밖을 나서 1층 로비 쪽으로 갔다. 크리스마스트리 옆에 소원 트리가 있었다. 다른 사람들이 써놓은 글을 읽다 예쁜 글씨의 엽서를 발견했다.

"지우야, 엄마가 미안하고 사랑해. 엄마 딸로 태어나 줘서 고마워. 우리 지우 덕에 엄마는 정말 행복했어. 다음에 건강한 모습으로 꼭 다시 만나자."

엄마도 그 글을 읽었는지 한동안 말이 없었다.

"선우야, 우리도 여기에 소원 써서 달아놓자."

"아프지 않게 해주세요."

볼펜을 들어 엽서에 적었다. 엄마는 혹시나 소원엽서가 떨어질까 봐 리본으로 소원 트리에 엽서를 꽁꽁 묶었다. 엽서를 다 묶고 두리번거리던 엄마가 뭔가를 본 듯 내게 말했다.

"선우야, 저기 봐봐. 오늘 병원에서 그림 그리기를 하나 봐."

엄마가 가리키는 곳을 보니 소원 트리 옆에 플래카드가 붙어 있었다.

"미리 메리 크리스마스 소아 병동 환아 그림 그리기 2024년 11월 22일 오후 2시 3층 콘퍼런스홀."

저기에 가면 서이랑 도형이도 볼 수 있을까. 난 엄마에게 이따 저기에 한번 가보고 싶다고 얘기했다. 엄마는 내가 다른 친구들을 만난다고 하면 바다도 건널 사람이기에 알았다고 대답했다. 엄마는 잠시 화장실에 갈 테니 로비에 딱 앉아 있으라 했다. 엄마 말대로 난 로비에 앉아 그림 그리기 시간이 빨리 왔음 좋겠단 생각에 시계를 보고 있었다. 그때였다.

"선우야!"

누군가 뒤에서 날 부르는 소리에 나는 깜짝 놀랐다. 뒤돌아보니 글쎄 도형이가 와 있었다. **도형이는 특유의 못난이 웃음을 지으며 날 쳐다보고 있었다. 정말 반가웠다.**

"도형아, 나 병동에서 찾았는데 네가 없더라. 너 소아병동 아니야?"

도형이는 잠시 당황한 듯 머뭇거렸다.

"응. 나 예전에는 소아병동에 있었는데 지금은 어른 병동으로 갔어. 내가 있는 병동엔 어린이가 한 명도 없어서 너무 심심해. 그래서 소아병동으로 놀러 가는 거야."

도형이 말에 이제야 왜 소아병동에 도형이가 없었는지 이해가 됐다. 그런데 나랑 같은 날 수술을 한 도형이는 왜 몸에 아무것도 달지 않고 편하게 돌아다니고 심지어 엄마도 없이 자유롭게 다닐 수있는 걸까. 궁금한 내가 도형이에게 물었다.

"넌 어제 수술했는데 안 아파? 난 아직도 엄청 아픈데... 그리고 너희 엄만 어디 계셔?"

"응. 내 수술은 그렇게 아픈 수술이 아니라서 괜찮아. 그리고 우리 엄마는 병실에 안 계셔. 동생 도경이가 아직 아기라서 간병인 쌤이 날 돌봐 주신다 옹."

엄마가 안 봐준다니 도형이가 정말 외롭겠단 생각을 했다.

"도형아, 나 고양이한테 오늘도 밥 주고 잘 놀아줬어. 보너스 점수까지 따려고 지금 열심히 걷고 있어."

난 손목에 찬 갤럭시 워치를 보여주며 말했다. 도형이는 내 얘기를 듣더니 내게 고맙다고 다시 이야기했다.

"선우야, 네가 고양이를 다 키워야 우리 엄마가 올 수 있어."

도형이가 말했다.

'내가 고양이를 키워야 엄마가 온다니 그게 무슨 말이지?'

난 그 말이 이해되지 않았다. 그래서 무슨 말인지 물어보려는데 도형이는 "선우야, 나 항생제 맞으러 갈 시간이야. 이따 또 만나자."라며 사라졌다.

'아 참, 도형이한테 고양이 이름이랑 이따 그리기 시간에 올 건지 묻는 걸 깜박했다.'

왜 꼭 지나고 나서야 할 말이 생각나는지 모르겠다. 엄마가 돌아왔고 난 신이나 엄마에게 도형이를 만났다고 얘기했다.

"도형이? 아. 저번에 말한 친구? 소아병동에 없었잖아. 퇴원한 거 아니었어?"

"아니. 병실이 없어서 어른 병동에 지금 있대. 퇴원 안 했다니까."

신나 하는 내 모습을 보더니 엄마는 그럼 다음에도 또 도형이를 마주칠 수 있겠다며 그때 꼭 엄마에게 소개해 달라고 했다. 난 알았다고 했고 병문안을 온다는 할머니, 할아버지를 만나러 병원 입구 쪽으로 나갔다.

"우리 선우 얼굴이 핼쑥해졌네. 고생했어. 선우야, 아이고, 가여워라."

할머니는 나를 안쓰럽다며 안아주셨고 할아버지는 선우가 엄청나게 씩씩하게 수술을 잘 해냈다며 대단하다고 칭찬해줬다. 한 시간이 넘게 지하철을 타고 오셨다는 할아버지는 다음 달 수술을 하신다 했다. 난 할아버지에게 으쓱해 하며 나도 수술을 잘 해냈으니 할아버지도 아픈 거 조금만 참으면 된다고 말했다. 내 말에 엄마, 할머니, 할아버지가 웃으셨다. 할머니, 할아버지는 그 후로 매일 점심마다 내가 좋아하는 음식을 싸 오셨다. 난 입원 기간 점심 환자식을 항상 거르고 할머니 할아버지가 싸 오시는 음식을 먹으며 매일 점심 12시를 기다렸다.

"저 오늘 그림 그리러 가요. 안녕히 가세요. 저는 이만 슝~"

시계를 보니 벌써 2시 가까이 시간이 되고 있었다. 난 할머니 할아버지에게 내일 또 오시라는 인사를 하고, 엄마와 서둘러 3층으로 가자고 했다. 2층 콘퍼런스홀에 가니 테이블 위에 산타클로스와 루돌프, 썰매 밑그림들과 각종 색칠 도구들이 있었다. 병동에서 봤던 어린아이 몇 명이 보였다. 다리에 깁스하고 휠체어를 탄 내 또래 여자아이도 보였다. 다리가 아파 수술을 한 아이가 있다더니 도형이가 이야기한 김소윤인가 싶었다. 소윤이는 얼굴이 하얗고 밝게 웃는 아이였다. 병원에 입원한 아이 같지 않게 머리를 정성스레 땋고 요술봉을 들고 있는 소윤이는 공주님 같아 보였다. 소윤이 엄마는 소윤이가 뭐라고 이야기하면 어쩔 줄 모르며 소윤이에게 쩔쩔매고 있었다. 소윤이는 여러 가지 색의 색연필을 자기 쪽으로 다 가져와 독차지하며 색칠하기 시작했다. 공주님 소윤이는 욕심쟁이 같았다.

나도 가장 끝자리에 앉아 루돌프 그림을 색칠하기 시작했다. **사실 그림 그리는 것보다 옆 친구들을 관찰하는 게 더 재밌었다.** 색칠은 삐뚤빼뚤 루돌프 털이 지저분하게 그려지고 있었다.

'도형이와 서이는 안 오나?'

색칠하는 내내 입구를 보는데 도형이와 서이는 보이지 않았다.

'정말 안 오나 보다.'

실망하고 고개를 숙이고 색칠을 하는데 내 귀에 반가운 목소리가 들렸다.

"서이야, 여기에 앉을까."

서이 엄마 목소리였다.

내 옆자리엔 산타클로스 할아버지 그림이 있었다. 반가운 서이 엄마는 빈자리인 내 옆을 가리키며 서이를 앉으라 했다.

'서이 엄마 최고!!'

서이 엄마는 정말 센스쟁이였다. 엄마와 서이 엄마는 반갑게 인사를 나누었고 나는 곁눈질로 서이를 쳐다보았다. 개미만 한 목소리로 서이는 "엄마, 아무 색으로 칠해도 돼?"라고 물으며 산타클로스 할아버지 옷을 핑크로 칠하기 시작했다. 색칠하기도 힘든지 몇 번 쓱쓱 칠하던 서이는 얼마 후 고개를 테이블에 묻고 거의 눕다시피 그림을 그리기 시작했다. 내 자리에서 난 서이의 흐트러진 뒤통수만 볼 수 있었다. 10분 정도 칠했을까.

"엄마, 나 힘들어. 병실로 갈래."

서이의 말에 서이 엄마는 서이를 병실로 데리고 갔다. 그리다 만 산타클로스 그림만 남아 있었다. 난 특별히 예쁜 색연필을 골라 정성스레, 남겨진 산타클로스 할아버지를 그리기 시작했다. 어느 정도 산타클로스 그림이 완성되었는데 엄마는 갑자기 내 옆구리를 찌르며 눈을 흘기고 웃었다.

"너. 강선우. 얼레꼴레리…."

엄마는 루돌프와 산타클로스 그림을 양손에 들고 낄낄대고 있었
다. 내가 그린 루돌프 그림은 엉망진창이었는데 서이 그림은 제법
공들여 그린 듯했다. 변명의 여지가 없었다. 엄마가 왜 자꾸 낄낄대
는지 부끄러워 죽겠다.

"음. 다 그렸으니 이제 나도 병실로 가야겠다. 가자 엄마."

난 벌떡 일어났다. 괜히 창피해 뒤따라오는 엄마를 기다리지 않
고 엘리베이터로 갔다. 엄마와 엘리베이터를 탔는데 웬 할아버지가
나를 보고 인자하게 웃었다.

"아가야, 넌 몇 살이니?"

"8살인데요."

더 이상 말을 안 거셨으면 좋겠는데 할아버지가 엄청 씩씩하다며
칭찬을 해줬다. 4층 병동에 내리는데 할아버지가 우리 뒷모습을 향
해 외치셨다.

"아가야, 하느님은 널 사랑하신단다."

소아병동에 다시 돌아와 병실에 들어갔다. 수 쌤과 고은님 쌤,
송금목 쌤이 운동 열심히 잘하고 있다고 칭찬 한마디씩을 했다. 워
치를 보고 걸음 수를 확인하는데 오호, 벌써 3,250보를 걸었다. 자
기 전까지 열심히 걸으면 5,000보를 달성해 보너스 점수를 획득할
수 있겠군. 마음이 바빴지만, 가슴이 다시 조여 왔다. 문을 열고 병

실에 들어가려는데 엄마가 귀신을 본 것처럼 그 자리에 가만히 얼어버렸다.

'뭐지? 엄마가 뭘 본 거지?'

엄마가 보는 곳에 웬 남자 어른이 있었다. 흰 가운을 입은 그 분은 다른 여자 쌤과 병동 맞은편에서 걸어오고 있었다. 엄마가 바라본 그 사람도 놀라 자리에 멈춰 섰다. 이 상황이 무슨 상황인지 모르는 나와 옆 여자 쌤은 둘을 두리번거리며 쳐다보기만 했다. 목석처럼 서 있던 엄마가 서서히 입을 뗐다.

"오랜만이에요."

병동 창문에 내리쬐는 햇살이 눈부셨다. 눈이 부셔 얼굴이 제대로 보이지 않았던 그 남자가 엄마에게 대답했다.

"오랜만이야."

강선우 엄마, 전수정

강선우 엄마, 전수정

17년 만이었다. 건우 오빠를 만난 건. 그것도 하필 아이가 입원한 병원 복도에서, 아픈 아이를 둔 초라한 차림의 내가 17년 만에 그와 재회했다. 대학 입학 후 첫 소개팅에서 본과 2년의 그를 처음 만났다. 덥수룩한 머리와 촌스러운 체크 셔츠를 입은 그는 말주변도 없고 여자 눈도 못 마주치는 모쏠 천연기념물이었다. 어수룩해 놀리는 게 재밌었던 그를 처음 만난 날, 우린 맥주 10,000cc에서 승부를 봤다. 비어 퀸 내 앞에 그가 벌떡 일어났다. 반드시 집 앞까지 날 배웅해주겠다고 일어난 그는, 그대로 폴더인사를 하며 꼬꾸라졌다. 한 계절 미묘하게 색깔이 다른 서너 벌의 체크무늬 셔츠로 돌려막기 하며 입던 그는 풋풋한 첫사랑으로 내게 다가왔다. 가난

했지만 행복했고, 함께 보낸 겨울은 유난히 따스했다. 다정하고 따뜻했던 그와 4년의 세월을 함께 보냈고, 고시를 시작한 나와 병원 생활을 시작한 그는 각자 인생의 가장 힘든 시간을 보내며 자연스레 멀어졌다.

고시에 붙은 나는 연수원 동기 선우 아빠와 만나 결혼했다. 제대로 된 연애 없이 도서관에서 만나 하는 공부가 연애의 전부였다. 도서관 맞은편에 내가 앉아 있어도 눈빛 하나 흔들리지 않고 공부에 매진하는 그가 좋았다. 여자라곤 전혀 관심도 없던 그가 내게, 처음으로 사랑하는 여자라고 했다. 연수원 상위권을 단 한 번도 놓쳐본 적 없었던 그와 연수원 하위권을 단 한 번도 탈출해 본 적 없는 내가 결혼했다. 선우를 낳고 알았다. 그는 자신 외에 다른 누구도 사랑하지 않는 사람이었다. 새벽 내내 울어대는 아이 울음소리가 자기 귀엔 전혀 들리지 않는다고 했다. 일이 바빠 잠을 못 자는 건 둘 다 마찬가지였지만 단 한 번도 아이 울음소리에 일어나서 달랜 적이 없었다. 지친 내가 어느 날 이혼서류를 내밀었을 때 그는 절대 이혼해 줄 수 없다고 버텼다. 성공으로만 가득 찬 그의 인생에 실패는 없기 때문이라 했다. 그런 그와 지리멸렬한 법정 싸움을 했다. 3년 만에 난 이혼 소송에서 이겼고 선우를 데리고 올 수 있었다. 이러려고 변호사가 된 건가. 한참을 울었다.

2019년 봄, 선우 아빠와 이혼하고 선우가 3살 되던 때였다. 한 부모 가정이 됐기에 보란 듯이 아이를 잘 키우고 싶었다. **아빠 없는 아이라 저렇다는 이야기를 듣기 싫어 두 배로 엄격했고, 두 배로 일했다.** 어린이집이 이전해 새 어린이집을 다니게 됐다. 붙임성 좋고 밝으며 영리했던 선우는 동네 사람들이 멀리서만 봐도 부르며 달려와 예뻐하던 말 그대로 동네 "핵인싸"였다. 33개월에 한글, 파닉스, 구구단, 기본 한자 등을 다 뗐다. 기특하게도 문제 푸는 걸 즐거워하고 2~3세 앞선 교육을 소화해 내던 아이였다.

태어났을 때부터 봐주시던 이모님이 갑자기 아파 관두시게 됐다. 결국 기댈 곳은 친정엄마뿐. 이미 조카 둘을 키우시느라 진이 빠진 엄마에게 몹쓸 짓이라 생각했지만, 방법이 없었다. 새 어린이집을 다니게 된 선우가 아침마다 안 간다며 생떼를 부리기 시작했다. 이전 어린이집을 좋아했기에 환경이 바뀌어 겪는 자연스러운 현상이라 생각했다. 항상 밝게 웃으며 엄마의 출근길을 밝혀주고 연이은 야근에도 엄마를 찾지 않는, 일찍 철이 들어버린 아이였다. 일이 우선이었던 나는 일을 제외한 나머지 그 어떤 것에도 신경 쓸 겨를이 없었다. 아니 정확하게 말하면 신경 쓰려하지 않았다. 선우는 한 달 가까이 자정만 되면 잠결에 "안 가요.!"를 외치며 울다 다시 잠들곤 했다. 서너 시간 잠깐 자고 출근하던 나는 아이가 새벽에 울기 시작하면 그냥 부둥켜안고 달래줄 수밖에 없었다. 그렇게 두어 달 매일 새벽, 아이가 잠결에 울며 몸부림치기 시작했다.

어느 날 밤이었다. 여느 때처럼 잠결에 "안 가요.!! 안 가요.!"를 외치며 울던 선우가 몸부림치더니 부둥켜안고 달래던 내게서 빠져나와 현관문을 열고 나갔다. 순식간에 벌어진 일이었다. 맨발로 뛰쳐나가 엘리베이터 앞에서 겨우 붙잡은 아이가 잠도 덜 깬 상태에서 울면서 말했다.

"안 가요.!! 안 가요.!! 살려...주세요."

처음 듣는 생경한 단어였다. 바들바들 몸을 떨며 외치는 아이의 처절한 S.O.S. 무언가 잘못되고 있다. **그날 이후 아이와 나의 모든 시계는 멈춰 섰다. 세상이 모두 무너져 내렸다.**

선우가 급격히 안 좋아지기 시작했다. 사람을 그렇게 좋아하며 재잘대던 아이는 말문을 닫고 대인기피를 보였다. 큰 목소리에 인상이 강한 원장은 어린이집에선 전혀 문제없이 잘 지내고 있다고 걱정하지 말란 말만 반복했다. 어린이집 사진첩에서 선우 모습이 안 보이기 시작했다. 사진첩을 보고 있을 때였다. 유치원 단체 행사에서 노래를 부르고 있는 아이들 속에 선우 모습을 찾다 가슴이 내려앉았다. 신나게 노래하는 아이들 곁에 선우가 없었다. 카메라 앵글 귀퉁이, 무언가가 보였다. 바닥에 머리를 박고 있는 구석에 숨어 있는 한 아이, 앵글에서 잘린 듯했지만, 몸통 없이 피아노 반사로 보이는 그 모습을 한눈에 알아볼 수 있었다. 모든 사진에서 선우의 흔적은 지워지고 없었지만, 자세히 보지 않으면 알 수 없는 내 아이의 납작한 뒤통수. **나만 알아볼 수 있는 새처럼 얼굴을 묻고 숨어**

있는 아이의 모습.

어린이집에 가서 원장님께 조심스레 물어봤다. 혹시 선우가 어린이집에서 숨거나 한 적이 있냐고. 단호히 없다고 말씀하시며 그런 일이 있으면 얘기해 주겠노라 했다. 엄마들이 꺼리던 어린이집이었다. 엄마들 앞에서는 선량하게 웃지만, 종종 동네에서 큰소리로 욕을 하며 전화하는 모습이 목격되던 원장님이었다. 유치원에서 재밌게 노느라 선우 팔이 두 번이나 빠져 병원에 데리고 가고 있단 원장님 전화와 낮잠을 전혀 안 자 낮잠 시간에 불 꺼진 방에서 혼자 깨어 논다는 담임 쌤의 말도 그제야 불현듯 생각이 났다. 입을 닫은 선우 대신 친구 엄마들이 아이들에게 들었다며 조심스레 말해줬다. 선우가 낮잠을 안 자 원장님 방에 끌려가 종종 혼났다고.

잠자는 시간과 닫힌 문을 두려워했다. 선우의 불안이 심해져 일상이 어려워지기 시작했다. 하루에도 여러 차례 울며 사람을 두려워하기 시작했다. 수백 개 퍼즐도 뚝딱 맞추던 선우가 "몰라요"만을 이야기하고 입을 닫기 시작했다. 퇴행이 시작됐다. 처음엔 현실로 믿기지 않았다. 몇 달 사이 갑자기 달라진 아이가 내 아이 같지 않았다. 꿈이라 생각했다. 꿈이라면 지독한 악몽이라 생각했다. 갑자기 퓨즈가 끊어져 버린 듯한 내 아이.

대학병원 소아정신과에 갔다. 대기하며 보이는 아픈 아이들의 모습. 몸 가누기가 어려운 아이부터 공허한 눈빛과 쉴 새 없이 같은 자리를 맴돌고 중얼거리는 아이들까지. 땀으로 흥건해진 아이의 손을 잡고 대기한 한 시간 남짓 시간, 만감이 교차했다. 호명되고 진료실에 들어갔다. 방에 들어오는 걸 극도로 두려워하며 사시나무처럼 떨고 있는 아이에게 이것저것 물어보던 교수. 중간에 교수의 목소리가 갑자기 커지자 선우가 갑자기 의자 밑에 숨어버렸다. 의자에 웅크리고 숨어버린 선우의 눈빛을 처음 보게 됐다. 아직도 잊히지 않는 그 눈빛이 비수처럼 가슴에 박혔다. 교수가 말했다.

"어머니. 제 눈에는 보이는데 어머니 눈에는 안 보이세요?"

불안장애로 인한 대인기피. 선우에게 내려진 병명이었다. 그리고 교수는 선우를 바라보며 낮은 한숨을 쉬며 말했다.

"너한테…. 도대체 무슨 일이 있었니."

선우는 아무 말 없이 떨고만 있었다. **선우는 온 힘을 다해 내게 신호를 보냈었다. 그것도 끊임없이. 내가 그걸…. 못 본 척했었던 거다.**

어린이집을 관두고 모든 학습을 중단했다. 오로지 예전 밝던 선우 모습을 되찾을 수만 있다면 더 바랄 게 없었다. 치료를 시작했다. 병원에서는 플로어 타임을 권유했고 심리, 사회성 놀이치료 등 친정엄마와 아버지가 라이딩을 하며 고생하셨다. 한 번도 힘들다 말씀하지 않던 엄마가 센터에서 아픈 아이들을 보는 게 자꾸 머리에 남아 잠을 못 주무신다 했다. 선우는 외출할 수 없을 정도로 감정 기복이 심해졌고 길에서 울음이 터진 날에는 성인 한 명의 힘으로도 벅찼다. 얼마 전까지 꿈꿨던 행복한 미래, 아이와 평안하게 대화하며 많은 것을 가르쳐 주고 싶다는 로망이 하나둘 무너져갔다. 아파트 단지에서 아이 울음이 터진 날, 선우를 달래다 힘에 넘어가 둘이 바닥에 같이 뒤엉켜 있던 그날, 저 멀리서 친정엄마가 달려왔다. 넘어진 나를 일으켜 세우고 선우도 달래주었다.

일할 땐 아이에게 전화 한 통 하지 않았다. 다가오는 아이를 안아주기보단 문을 닫고 일했던 모성애라고는 찾아볼 수 없는 비정한 엄마였다. 결국 다녔던 로펌에 사표를 내고 개인 사무실을 열었다. 영혼을 갈아 들어간 회사였다. 사직서를 내는 날 만감이 교차했지만, 그것이 최선이었다. 아이가 아프고 나서 느낀 건 건강한 아이보다 중요한 건 세상에 없단 것이다. 나는 모든 것이 다 서투른 엄마였다. 엄마 노릇 제대로 못 한 내게 엄마 노릇 제대로 하라고 받은 벌 같았다. **정말 부족하지만 "진짜 엄마"가 되어 보기로 했다.**

6개월이 지났다. 이사 간 이전 어린이집을 찾아가 아이를 예뻐해 주셨던 선생님들을 만났다. 몇 개월 만에 완전히 다른 아이가 되어 버린 아이 모습에 원장님과 담임 쌤이 펑펑 우셨다. 날 붙잡고 엉엉 우는 선생님들 앞에 담담한 척, 그래도 좋아지고 있다고, 평정심을 갖고 얘기하는 내내 마음 한편이 무거웠다. 원장님이 한 시간이라도 좋으니 선우가 준비되면 멀어도 꼭 자신의 어린이집으로 보내라 했다. 선우가 용기를 내기까지 아이를 아는 모든 사람이, 그리고 온 우주가 도왔다. 세상을 향한 문을 닫고 생각의 끈을 놓아버린 선우가 점점 용기를 내기 시작했다.

사람을 그리지 않던 선우가 사람을 그리기 시작했다. 팔이 아직 없지만 그럴싸한 눈, 코, 입을 지닌 사람이 완성되고 있었다. 울음이 잦아들고 감정을 표현하며 다시 웃음을 찾기 시작했다. 불안이 좀 나아져 유치원에 보내기로 했다. 내가 선택한 유치원은 교회 부설 유치원이었다. 학습보단 무조건 사랑이 우선인 유치원이 필요했다. 나는 날가루 가톨릭 신자였지만 어차피 같은 하느님이 보우하사, 아이를 보살펴 줄 거라는 믿음이 있었다. 영어 이름을 지어 오라는 유치원 숙제에 한참을 고민한 난 "라파엘 Raphael"이라 지었다. 유아 세례를 받으면 아이에게 지어 주고 싶었던 세례명 "치유 천사 라파엘"이었다.

기구한 삶을 산 혜경궁 홍씨의 한중록. 한중록에 유난히 많이 등장하는 문구가 있다.

"이를 어찌 다 형용하겠는가."

말로 형용할 수 없는 3년의 세월이 지났다. 부모님과 나와 선생님들 모두가 선우가 내뱉는 말 한마디 행동 하나에 온 촉각을 기울였고 좋아지기까지 모두가 최선을 다해 도왔다. 멈춰 버린 시계가 다시 움직이기 시작했다. 선우는 점점 예전 모습을 찾기 시작했고 발걸음을 멈췄던 책장에 다시 손을 뻗고 사람들에게 다가가 웃기 시작했다. 선우는 태어날 때부터 오목가슴이었다. 오목가슴 아이들은 뼈가 굳기 전 6살 때쯤 수술해야 한다는 이야기를 들었다. 선우가 안정되지 않아 미뤄놨던 수술 날짜를 다시 고민해 볼 시점이 다가오고 있었다.

8살이 되어 초등학교 입학을 했다. 사람을 보고 숨곤 했던 선우가 많이 씩씩해졌지만, 1학년이 끝나가는 아직도 단 한 명의 친구도 사귀지 못했다. 입학식이 지난 며칠 후 등굣길이었다. 같은 유치원 출신 현태에게 부탁해, 한 달만 선우와 시간을 맞춰 등교하자고 했다. 새로운 환경에서 선우가 불안이 다시 시작돼 교실도 못 찾아가고 적응을 못 할까 걱정이 되어서였다. 현태와 함께 교문 앞에 들여보내면 현태는 신나서 학교 안 비탈길을 전속력으로 뛰었다. 선우는 말도 못 하고 현태와 보폭을 맞추기 위해 비탈길을 뛰었다. 그러던 어느 날, 현태를 따라 뛰던 선우가 비탈길에서 넘어져 한참을 굴렀다. 주변에 사람들이 몰렸고, 난 선우가 스스로 일어나길 바랐다. 선우는 잠시 후 절뚝거리며 스스로 일어났다. 얼굴이 아스팔트에 다 갈려 피가 철철 흐르고 있었다. **선우는 절뚝이며 천천히 다시 걷기 시작했다.**

친구들을 보면 불에 덴 것처럼 도망가는 선우였다. 그런 선우가 종종 반 친구들과 점심때 게임을 같이 한다고 했다. 우연히 반 친구들을 길에서 마주치면 여전히 벌에 쏘인 것처럼 도망가곤 하지만 그래도 선우는 정말로 자신에게 단짝이 생겼으면 좋겠다고 이야기하며 친구에게 한 마디를 걸기 위해 온 힘을 내곤 했다. 학교에서 친구랑 한마디라도 하고 온 날은 신이나 내게 드디어 한마디를 했다며 자랑하는 아이였다. 선우는 초등학교 입학을 했고 기나긴 터널을 지나 다시 반짝거리기 시작했다. 그런 아이를 데리고 또다시 터널 속으로 들어왔다. 일주일의 시간이면 회복하고, 2년만 몸에 지니면 된다는 너스바 수술하기 위해 이곳 병원에 들어왔다. 그런데 그땐 몰랐다. 일주일이 끝이 아니라는 걸.

　수술을 끝낸 다음 날 병동 앞에서 건우 오빠를 만났다.
　"오랜만이에요."
　당황함 속에 내가 내뱉은 최선의 말이었다. 머리부터 발끝까지 너무 달라져 버린 그의 모습에 모든 것이 낯설게만 느껴졌다. 덥수룩한 머리는 단정하고 세련되게 정리돼 있었고, 늘 구겨져 있던 바짓단은 칼각으로 다림질돼 있었다. 바뀌지 않은 게 있다면 체크무늬 셔츠뿐이었다. 그는 내게 대답했다.
　"오랜만이야."
　'좋은 여자를 만났구나.'
　오빠를 저토록 괜찮은 남자로 보이게끔 만든 여자의 내조가 부러웠고, 궁금했다. 그는 행복해 보였다. 내 옆에서 목을 빼고 날 쳐다보고 있는 선우에게 먼저 들어가라 말했다. 의외로 고분고분하게 선우가 병실에 들어가자 그는 옆에 여자 쌤을 보내고 내게 다가왔다. 지나가는 여자 쌤의 눈빛이 따가웠다. 오빠가 내게 다가오니 좋은 비누 향이 느껴졌다. 머리도 못 감고 무릎이 나온 운동복을 입은 내가 갑자기 부끄러웠다. 가까이 보니 가운 가슴팍에 "소아청소년과 김건우"라 적혀 있었다. 법 없이도 살 수 있는, 친절하고 따뜻한 그에게 너무 잘 어울리는 선택이었다.

"몇 살이야?"

나를 바라보는 시선만큼이나 오랫동안, 병실로 들어가는 선우 뒷모습을 보던 그가 꺼낸 말이었다.

"8살이야. 이제 초등학교 1학년이지 뭐."

그는 회한에 젖은 듯 한참을 생각하다 말했다.

"시간이 그렇게 흘렀나. 시간 참 빠르다. 아이가 수정이 널 많이 닮았네. 똘망똘망해 보여."

오빠의 말에 난 갑자기 정적. 그는 선우를 보며 무슨 생각을 했을까. 말끝이 흐려지는 그의 모습에 우리가 연애하던 시절이 떠올랐다. 우리가 결혼해 아이를 낳으면 난 머리만 오빠를 닮고 나머지는 모두 날 닮았으면 좋겠다고 말해 자기가 그렇게 별로냐고 진심 삐졌던 그의 모습. 그 모습이 귀여워 난 항상 그를 놀렸건만 내 진심의 속마음은 **'만약 우리가 아이를 낳는다면 그 아이의 머리부터 발끝까지 오빠와 똑같이 닮은 아이였음 좋겠어.'** 였다. 서툴지만 뜨거웠던 첫사랑. 그 순간이 울컥 올라와 마음이 아렸다.

"오빠, 소아청소년과 너무 잘 어울려요. 이 병원에 있는지 몰랐는데."

"응. 하다 보니 그렇게 됐네. 이 병원엔 며칠 전에 왔어. 다른 병원에 있다가."

"아...그랬구나..."

문득 난 그가 이 병원에 근무해 내가 마주칠 줄 알았다면 이 병원을 선택했을까 하는 생각이 들었다. 우연이라도 단 한 번 마주치길 그렇게 바랐건만 적어도 내 아이가 수술하는 이 힘든 순간만은 아니었다. 하고 싶은 말, 묻고 싶은 말이 산더미지만 참고 그를 보내주기로 했다.

"오빠 바쁘죠? 내가 바쁜 사람을 너무 오래 붙잡는 것 같네. 회진 도는 거 아니었어요? 얼른 가 봐요. 나도 들어갈게."

"어?. 어. 그래. 그러면 또 보자…."

황급히 보내버리는 나의 화법에 그는 당황한 듯 인사하며 그렇게 지나가 버렸다. 병실 문을 열고 들어가니 아니나 다를까 호기심 왕 선우가 총알처럼 나타나 내게 물었다.

"엄마, 누구야? 누군데 오랜만에 만났다고 해?"

"....어. 엄마 옛날 친구야."

"친구? 언제 친군데? 초등학교?"

초등학생 선우의 머릿속은 초등학교밖에 없는 건가. '풉' 선우 덕에 이 상황에 웃음이 났다. 선우에게 보고 싶은 TV를 보라고 리모

컵을 넘겨주곤 생각에 잠겼다. 만화를 보던 선우가 언제 아팠냐는 듯이 깔깔대기 시작했다. 그 이후로도 선우는 몇 번의 산책을 다녀왔고 내게 워치를 보여주며 오천 보를 달성했다고 자랑했다. 그리고는 탭을 들어 뭔가 게임을 하는 듯하더니 킥킥대며 혼자 즐거워하기 시작했다. 병원에 있는 동안은 선우가 아프지 않고 행복하기만 했음 좋겠다고 생각했다. 평소라면 잔소리하며 태블릿을 뺏었을 텐데 선우에게 무제한 태블릿을 쓰게 했다. **쉽게 잠들지 못할, 머릿속이 복잡한 하루였다.**

밤이 되어 선우가 잠들었다. 창문으로 들어오는 공기가 차가운 건지 수술실에서 추웠던 건지 선우는 자는 내내 기침했고 심지어 새벽에는 열이 오르기 시작했다. 아파서 끙끙대는 와중에도 무슨 즐거운 꿈을 꾸는 건지 킥킥대고 손을 꼼지락거리며 엄지척을 만들었다. 선우가 꾸는 꿈이 아름다운 동화 같기를 바랐다. 중얼거리는 선우 잠꼬대에서 비교적 정확하게 세 글자의 단어가 들렸다.
"도형아."

병원에서 만났다는 친구 도형이, 도형이가 진짜 좋았나 보다. 아픈 와중에도 친구 이름을 부르며 웃고 있는 선우 얼굴이 귀여워 나도 모르게 핸드폰을 들어 사진을 찍었다. '찰칵'. 바쁜 하루였다. 창문 밖으로 보이는 아파트 거실 불들이 하나둘씩 꺼져가고 있었다. 저녁 식사가 끝나고 다들 하루를 정리하며 잠들 준비를 하는 시간,

우리도 병원이 아니었다면 평화로운 시간을 보내고 있었겠지. 고작 3일의 병원 생활이 한 달보다 길게 느껴졌다. 쓰러지듯 소파에 누워 잠을 청했고 눕자마자 잠이 들었다. 새벽에 간호사 쌤이 여러 번 들어오는 듯했고, 심지어 선우가 말하던 도형이가 우리 병실에 놀러 오는 꿈도 꾸었다.

도형이는 고양이 머리띠를 한 귀여운 아이였다. 선우의 친구가 되어준 도형이가 고마워 과자를 주려고 했다. 병실 문 중간 커튼을 지나 나가려던 도형이를 쫓아가 "잠깐"하고 있으라 한 후 과자를 찾았다. 호기심 가득한 도형이 표정이 귀여웠다. 선우가 제일 좋아하는 과자를 찾은 후 몇 개를 집었다. 도형이 손에 과자를 올려 주려는 순간, 과자는 도형이 손을 통과해 바닥에 떨어졌다. "까야~" 소리를 지르며 잠에서 깼다. 악몽이었다. 나도 모르게 벌떡 일어난 나는 가쁜 숨을 쉬고 선우를 봤다. 거친 숨을 쉬는 선우를 보고 머리를 만져보니 머리가 불덩이였다. 응급 호출을 눌렀다.

날이 밝았고 어김없이 회진 시간이 돌아왔다. 자수성 교수님은 간밤의 상황을 다 전달받았다며 소아청소년과, 감염내과와 협진해 기침과 고열의 원인을 파악해 보겠다고 했다. 몇 가지 검사를 했고 오후가 되어서야 결과가 나왔다. "아데노 바이러스 감염"이라 했다. 현재 유행하는 바이러스인데 감기 일종으로 수술 후 면역력이 약해져 감염된 것 같다고 말했다.

"안녕하세요, 소아청소년과 김건웁니다."

오후가 되어 노크 소리가 들리고 문이 열렸다. 서너 명의 스태프와 함께 그가 들어왔다. 수많은 스태프 중에 선우 담당 의사가 건우 오빠가 됐다니. 그가 선우를 봐준다면 누구보다 믿을 수 있겠지만, 그 어떤 주치의보다 부담스러운 게 사실이었다. 그는 내게 존칭하며 최대한 드라이하게 선우의 상태를 설명했다.

"오늘 검사 결과 아시다시피 아데노 바이러스 균이 검출됐어요. 지금 밖에서 한창 돌고 있는 감기인데 고열이 오래 가는 게 특징이에요. 흉부외과랑 계속 상의하면서 아데노 바이러스 치료도 같이 할 예정입니다."

설명을 끝낸 그는 선우를 바라보며 다정하게 말했다.

"선우야, 몸은 좀 어때? 지금 어디가 제일 아파?"

다정한 그의 말에 선우도 수술한 가슴 부위를 가리키며 "여기가 아파요"라고 대답했다. 언제 외웠는지 그는 선우 이름을 부르고 있었다. 그는 "지금 열나고 기침 나는 것도 낫는 약 줄 테니 밥 잘 먹고 약도 잘 챙겨 먹어. 알았지?"라며 오랫동안 선우 눈을 바라봤다.

"감사합니다."

그에게 감사 인사를 전한 나는 만감이 교차했다. 지금 같은 시기에 선우를 저렇게 따뜻하게 봐줄 아빠가 있었다면…. 아빠의 빈자리까지 내가 최선을 다해 채우고 있지만 인생의 가장 힘든 순간을 맨몸으로 맞고 있는 선우에게 반쪽 응원을 해줄 수밖에 없는 사실이 미안했다. 퇴원이 좀 더 늦어질 것만 같았다. 선우는 아픈 와중에도 매일 오천 보 걷기를 달성했고, 매일 태블릿으로 열심히 게임을 했다. 건우 오빠는 회진 이외에도 매일 밤 10시쯤이면 찾아와 선우 상태를 물어봤다. 나도 모르게 밤 10시가 되기 전 난 거울을 보고 옷매무새를 확인하게 되었다. 어느덧 선우의 열이 내리고 기침이 잦아들었다.

아침 회진에서 자수성 교수가 말했다.

"선우 이제 별 이슈가 없음 내일 퇴원하도록 하죠. 약 잘 챙겨 먹고 외래 일주일 후에 잡을 테니 그때 보기로 하시죠."

드디어 탈출이다. 신이 난 선우와 나는 지하 1층 빵집에서 케이크를 사 간호사 쌤들에게 돌렸다. 수 쌤과 송금목 쌤, 은님 쌤 등 모두가 모여 선우의 고별 파티를 해줬다. 짐을 정리하고 나오다 회진을 돌던 건우 오빠와 마주쳤다. 그의 옆 다른 스태프들이 뚫어져라 나를 보고 있었다.

"선생님, 감사했습니다."

오빠에게 말했다.

"퇴원 축하드립니다."

그가 말했다. **그는 오른쪽 병실을 향해, 난 왼쪽 문을 향해 그렇게 멀어졌다.**

"2년 후에 뵐게요."

간호사 쌤들에게 자신 있게 말하고 병동 문을 나섰다. **정확히 이**

틀 후 새벽, 선우가 갑자기 가쁜 숨을 몰아쉬었다. 헛구역질하며 숨이 넘어가는 선우를 데리고 응급실로 달려왔다. 각종 검사가 이루어졌다. 검사를 통해 밝혀진 백혈구 수치와 염증 수치는 높았고 소아청소년과와 흉부외과 협진으로 진행한다고 들었다. 그러던 얼마 후 응급실 저 멀리에서 나타난 자수성 교수, 반짝이는 후광을 보이며 자수성 교수가 나타난 그 순간은 치매로 집 나간 아버지가 몇 개월 만에 스스로 집을 찾아 돌아온 것보다 더한 기쁨이었다. 죽어가는 아이를 살릴 히어로처럼 보였다. 교수님은 선우 상태를 보더니 엑스레이상으로 수술 문제는 전혀 아니며 염증 수치와 백혈구 수치가 안 좋긴 하지만 나아질 것 같으니 퇴원해도 좋다. 그리고 나머지는 소아청소년과와 상의해보라 했다. 누가 봐도 아이가 숨이 넘어가고 있는데 퇴원이라니 이상했다. 잠시 후, 다시 못 볼 것 같았던 건우 오빠가 홀로 나타났다.

"수정아, 괜찮아? 많이 놀랐겠다."

오자마자 그는 선우보다 나의 상태를 먼저 물었다. 헝클어져 엉망인 내 모습을 보는 듯했다. 그런 내가 걱정됐는지 내 안부를 먼저 물어본 그는 곧바로 선우 상태를 브리핑해줬다.

"들었겠지만 지금 WBC랑 CRP가 많이 안 좋아. 이 정도 수치에서 퇴원하면 문제가 생길 수 있어. 흉부외과에서 뭐라고 했어?"

난 자수성 교수가 수술상 문제는 전혀 없으니 퇴원하라 했다고 말을 했고, 그걸 들은 그는 분노했다.

"이건 누가 봐도 흉부외과 수술 후 문제 같은데 퇴원하라고 했다고? 이건 소아청소년과 문제가 아니야. 수정아, 내 말 잘 들어. 오늘 절대 퇴원하면 안 돼. 내가 입원장 내줄 테니 입원하면서 경과를 지켜봐."

뭔가가 잘못됐음을 직감했다. 그날 밤 선우는 사경을 헤맸다. 밤이 되어 호흡이 힘들어지면서 응급 상황이 되었다. 온몸이 불덩이가 되어 숨을 못 쉬던 선우의 수술 부위가 정확하게 부풀고 새빨개지며 뜨거워지고 있었다. 의학에 문외한도 알 수 있었다. 여기 바로, 수술 부위 이곳에 문제가 생겼다고. 소아병동은 빠르게 움직였고 급하게 다시 온 자수성 교수는 다음 날 아침 첫 타임으로 응급수술을 결정했다. 뒤늦게 너스바 소재 알레르기 반응 검사들이 이어졌다. 온 등에 20개가 넘는 금속 알레르기 판을 붙이는 검사를 하고 나서야 선우가 니켈 알레르기가 있는 걸로 밝혀졌다. 그리고 언제 발생했는지 모를 수술 중 또는 수술 후 감염으로 염증은 확산됐다. 이후 수술들을 통해 흉부외과 측은 염증이 다 제거했다며 퇴원시켰건만 퇴원 3일 만에 염증 재발로 추가적인 세 번의 수술을 받게 됐다. 그리고 결국 마지막 8번째 수술. 결국 2~3년은 유지해야 할 너스바를 한 달도 안 돼 제거했다. 선우는 겪지 않아도 되는 최악의 고통을 겪게 되었다.

흉부외과 팀은 물론 최선을 다했다. 하지만 단 한 번도 이런 사례가 없었다며 이야기하는 자수성 교수의 동공은 계속 흔들리고 있었다. 눈이 크고 공감 능력이 뛰어난 오나정 간호사 쌤은 선우의 수술과 입원이 거듭될수록 무슨 말을 어떻게 해야 할지 몰라 주저주저했고 얼굴이 유난히 검고 곱슬머리인 공진영 레지던트 쌤은 선우 케이스는 단순 너스바 재질만의 문제가 아니라 수술 과정과 처치에 당연히 합리적 의심이 있을 수 있단 얘기를 하며 말끝을 흐렸다. 권태산 쌤은 말없이 식은땀만 흘렸다. 모두다 한 번도 없었던 케이스라 뭐라 말해야 할지 모르겠다며 교수님과 상의하라는 말만 반복하며 안타까워했다. **가슴을 여는 사람들, 흉부외과 사람들이 흔들리고 있었다.**

총 8번의 수술. 선우가 어린 편이기에 흉부외과 수술로는 거의 매번 첫 번째 수술을 했다. 첫 수술이면 7시나 7시 반에 보라색 병원복을 입은 한 명의 수술실 인솔자가 간호사 데스크 앞에 아이들을 모은다. 나이 어린 순서대로 그날의 수술 대상 아이들이 모인다. 세상 씩씩한 선우에게 매번 "이번 수술은 진짜 하나도 안 아픈 거야. 선우가 잠깐 자고 일어나서 수술이 바로 끝나 있을 거야."라고 말하면 선우는 "안 아픈 거 맞지? 진짜 금방 끝나는 거지?"라며 계속 같은 질문만을 반복하고 있었다. 다른 보호자들도 애써 웃는 모습으로 아이들을 달래고 위로하고 있었다.

이 상황이 마치 영화 "인생은 아름다워" 같았다. 영화에서 아빠 귀도가 수용소에 끌려가기 전 모든 것은 놀이라며 아이를 안심시키던 장면의 기시감이 들었다. 소아병동 모든 부모가 한마음으로 "귀도"가 된 듯했다. 모두 다 모이자 수술 인솔자는 "따라오세요"라고 하며 핫핑크 수술 가방들을 들고 병동을 나섰다. 소아병동 4층에서 수술실 2층까지는 고작 두 층밖에 안 됐지만, 이 모든 인원이 엘리베이터에 탑승한 순간, 이 길이 마치 마지막 길같이 느껴졌다. 아기를 안고 탄 보호자 말고 걸어 다닐 수 있는 아이 부모들은 엘리베이터 앞에서 아이를 앞에 세우고, 그 짧은 순간 뒤에 서 있었고 서로가 서로의 눈을 보지 않으려 노력했다. 혹시 눈이라도 마주치면 애써 참고 있었던 눈물이 쏟아질 것 같았기 때문이다.

2층 수술실 문이 열렸다. 인솔자는 모두에게 신발을 밖에다 벗고 비닐과 모자 등을 착용한 후 각자 배정된 수술 대기실 베드로 가라고 안내해줬다. 그리고 자녀의 신발을 담을 수 있는 비닐봉지 하나씩을 건넸다. 이 하얀 비닐이 뭐라고, 아이 신발을 담고 수술실 밖을 나설 때마다 그야말로 억장이 무너졌다. 그렇게 8번. 수술 때 **마다 선우의 작은 크록스가 내 품에 있었다.**

수술 대기실이자 회복실은 그야말로 복잡하고 처참했다. 수술 전 환자와 수술 후 환자가 공존하기에 늘 고통과 비명, 산소포화도 기계 소리에서 경계치를 넘어서면 들리는 "띠 리릭". 소리로 가득 차 있다. 수술 후 마취에서 깨어나면 산소포화도가 90언더로 떨어지지 않고 자가 호흡을 할 수 있게 하려고 아이를 계속 깨워야 하는 곳. 수술 전 수술 후 가장 큰 고통과 두려움을 느끼는 그곳을, 들어가기 괴로웠다. 선우는 매번 정승처럼 꼿꼿이 앉은 채 침대에 끌려 수술실로 들어갔고 나는 선우의 비닐봉지 속 크록스를 들고 수술실을 나섰다.

수술실 문 앞에 길게 놓인 보호자 의자들, 하필이면 수술실과 중환자실은 붙어 있다시피 한 구조였고, 아침 첫 수술은, 중환자실 환자와 보호자가 유일하게 면회가 되는 8시 30분에서 40분까지의 10분간 면회 시간과 겹치곤 했다. 나는 항상 같은 자리에 앉아 아이 수술이 끝나기를 기다렸고, 카톡은 선우 수술 진행 상황을 실시간으로 알려줬다.

"강선우 님 수술 진행 중입니다."
수술이 진행되는 동안 수술실 옆 중환자실 앞은 사람들로 가득 찼다. 모두 비닐 옷과 모자, 장갑 등을 착용하고 면회를 기다렸다. 면회가 시작됐고 10분간 면회를 끝낸 가족들이 또다시 복도로 쏟아져 나왔다. 젊은 사람들부터 중년, 노년까지 다양한 사람들이 나왔고 대부분 중환자실에서 나오면 하염없이 울거나 눈물이 가득한 눈으로 복도 의자에 한참을 앉아 있곤 했다.

수술실 앞에 앉아 있던 8번 순간. 늘 마주쳤던 중환자실 보호자들과 수술환자 보호자들. 디귿 구조로 되어 있어 얼굴을 보고 싶지 않아도 표정을 볼 수밖에 없는 수술실과 중환자실 대기 의자가 때로는 위로가 되기도, 때로는 눈물샘을 자극하기도 했다. 흰 봉지에 신발을 들고 있는 사람들은 수술환자 보호자이고, 8시 반이 되면 비닐 장비들을 하고 줄을 서는 사람들은 중환자실 보호자였다. 어느 날은 수술실 앞에 앉아 있다 수술실 앞으로 초록색 관이 지나가는 것을 보았다. 수술이 끝나고 고통 속에 병실로 향하는 환자들은 많이 봤지만, 초록색 벨벳 느낌의 금장을 두른 관은 처음이었다. 한동안 표현할 수 없는 감정으로 관이 사라질 때까지 지켜봤던 것 같다.

"강선우 님 수술 종료되었습니다"

늘 그렇게 시간이 흘렀다. 첫 수술 때 고통 속에 통곡했던 선우는 이후 여러 차례 수술 동안 단 한 번도 울지 않았다. 잦은 수술로 혈관을 잡을 데가 없어 수십 번 바늘에 찔리고, 수술해서 수없이 몸에 메스를 갖다 대도 이빨을 꽉 깨물고 눈물을 글썽이며 참아냈다.

"엄마, 나 오늘도 오천 보 걸을 거야. 내가 매일 그렇게 하기로 정했어. 빨리 산책하러 가자."

선우는 오히려 나를 부추겼다. 작지만 너무 씩씩해 강한 아이. 선우가 차라리 아파하고 힘든 내색을 했다면 조금 덜 마음이 아팠을 수도 있었건만 8살이 견뎌낼 수 없는 고통을 팔십 먹은 노인처럼 초연하게 받아들이고 극복하는 모습이 더욱 아팠다. 누가 시킨 것도 아닌데 매일 오천 보를 걸으며 마치 미션을 달성하는 것처럼 즐거워하는 모습이 안쓰러웠다. 가끔 병동 끝 "두려워 말라. 내가 너와 함께할 것이다."라는 문구가 있는 창문을 보고 신나게 손을 흔들며 인사를 하거나 잠결에 도형이를 부르며 웃는 꿈을 꾸는 독특한 선우였지만 병원에 오고 나서 선우는 분명, 더욱 씩씩해지고 밝아지고 있었다.

"엄마, 나 서이 봤어. 서이도 또 입원했나 봐."

행복하고 상기된 목소리로 선우에게 전화가 왔다. 회사 일 때문에 잠시 할머니에게 선우를 맡기고 수임인을 만나고 있던 내게 선우가 전화해 신나서 전한 말이었다. 첫 입원 동안 유독 자주 마주쳤던 서이. 그런 서이를 퇴원할 때 만나지 못해 작별 인사도 못했다는 선우는 두 번째 입원 때 오자마자 서이를 찾았다. 그러나 서이는 이미 퇴원하고 없었다.

세 번째 입원 째였다. 선우의 전화를 받고 돌아온 난 서이가 진짜 돌아온 걸 보았다. 이번에 서이는 2인실을 쓰고 있었다. 서이 병실에는 13살 다른 아이가 입원해 있었고 뇌 문제로 거동과 대화가 어려운 침대 생활을 하는 아이였다. 13살 아이 엄마는 몸집이 컸고 화가 많으며 목소리도 우렁차 복도에서 들리는 큰 목소리는 대부분 그 엄마 목소리였다. 어느 날은 간호사들에게 "내가 내 자식을 13년을 봐왔어. 근데 누가 나보다 더 내 자식을 잘 알아?!!"라고 소리치며 무슨 연유인지 화를 내고 있었고, 종종 여러 사람과 다툼하곤 했다. 목소리가 큰 엄마가 발소리도 쿵쿵거리며 한바탕 지나가면 사람들은 알아서 홍해처럼 갈라져 피했건만 서이 엄마는 함께 2인실을 쓰는 그 엄마를 맞추며 잘 지내고 있었다. 대부분 2인실을 쓰면 커튼을 서로 가리고 조용하게 지내는 게 보편적이었는데 서이가 묵고 있는 "1457" 병실은 달랐다. 양쪽을 가리고 있는 커튼도 항상 열려 있고, 심지어 병실 문도 항상 개방이었다. 13살 엄마 목소리가 워낙 컸기에 종종 "1457" 병실 근처에서 그들 목소리가 들리곤 했다.

다시 돌아온 서이 엄마와는 반갑게 만나 회포를 풀었다. 이렇게 빨리 또다시 입원할 줄은 몰랐다며 말하는 서이 엄마와 격하게 끄덕이며 공감하던 나. 긍정왕 서이 엄마와 눈을 마주친 난 "인생 총 질량 보존의 법칙"을 얘기하며 어릴 때 고통을 많이 겪었으니 우리 아이들의 미래는 이제 비단길이라며 마주 보고 웃었다.

"엄마, 우리 서이 초대할까? 오빠가 체스도 가르쳐주고 맛있는 것도 주면 되잖아, 그치?"
 어느 날 선우가 서이를 자신의 병실로 초대하고 싶다고 했다. 좋아하는 친구가 있음 집으로 초대하고 싶어 하는 선우는 병원에서도 친구를 초대하고 싶었나 보다. 동생이 없어서인지 여동생만 보면 오빠 병에 걸린 선우는 어떻게든 매일 우는 서이에게 위로가 되고 싶었던 것 같다. 그래서 난 선우에게 네가 용기를 내 서이에게 직접 초대하라고 이야기했다. 선우는 알았다고 이야기했고 오늘은 늦었으니 내일 만나 초대하겠다고 자신만만하게 이야기했다.

그렇게 선우는 신이 나 잠들었다. 다음 날 아침 6시, 선우는 엑스레이를 찍으러 엘리베이터를 타자마자 편의점에 가서 서이를 위한 파티 음식을 사야겠다고 말했다. 편의점에 들어간 선우는 서이가 좋아했던 바나나킥과 과자들을 챙겼다.

"맞다. 서이 염증 수치를 낮추려면 몸에 좋은 것도 사야겠다."

선우는 서이가 절대 안 마실 것 같은 흰 우유도 챙겼다. 행복하게 장을 본 선우는 그 와중에도 혹시 서이를 마주치지 않을까 두리번거리며 병동까지 올라왔다.

이른 아침이어서 "1457" 병실은 문이 닫혀 있었다. 선우는 서이를 만나면 초대하겠다며 소파와 테이블 위에 일회용 접시와 컵, 과자와 과일, 음료수들을 세팅하며 신나 했다. 입원 중 병실에서의 아침은 늘 바빴다. 피검사와 엑스레이를 찍고 나면 식사가 나오고, 회진을 돌고, 약을 먹고, 항생제와 수액, 네블라이저, 드레싱…. 흉부외과, 소아청소년과, 감염내과, 피부과 협진. 하루에도 열 몇 명 정도는 와서 상태를 체크했기에 그야말로 틈틈이 산책하러 가는 걸 제외하고는 정신없는 하루를 보냈다.

우연인 척 서이를 만나려 선우는 계속 복도를 돌아다녔다. 그러나 저녁이 되도록 선우는 서이를 만나지 못했다. 난 서이가 정말 많이 아파 병실 밖을 못 나오는 것 같다며 선우를 위로했다. 결국 선우는 바나나킥과 음식들을 다시 집어넣어야 했다. 선우는 "1457" 병실 앞을 맴맴 돌았건만 그날따라 서이 침대엔 커튼이 쳐져 있었고 서이는 미동이 없었다.

다음 날, 선우는 복도 저 멀리에서 서이를 보았다. 전만 해도 폴대를 끌고 돌아다녔던 서이가 휠체어에 앉아 고개를 푹 숙이고 있었다. 많이 아파 보인 서이 모습에 선우는 결국 서이한테 병실로 놀러 오란 말을 할 수 없었다. 난 선우한테 서이가 나으면 그때 놀러 오자고 달래고는 서이에게 줄 바나나킥을 나눠 먹었다. 선우는 틈만 나면 서이 얘기를 했지만 선우 또한 호흡이 힘들어져 그렇게 하루가 또다시 지나갔다.

서로가 아파서인지 그렇게 못 본 채 시간이 흘렀다. 많이 회복한 선우는 다음 날 퇴원해도 좋다는 이야기를 들었고 퇴원을 앞둔 선우는 그날 오후 바람 빠진 풍선처럼 휠체어에 앉아 있는 서이를 만났다. 선우는 막상 서이를 보니 긴장했는지 얼어 버렸다.

"선우야, 서이한테 인사해야지."

선우는 특유의 군인 같은 목소리로 시선을 회피하며 "안녕!"하고 인사했다. 서이는 그제야 눈을 들어 선우를 봤는데 한눈에 봐도 아픈 기색이 느껴지는 짓무른 눈이었다. 인사를 할 경황도 없이 파리하게 고개를 숙이는 서이를 보며 난 서이 엄마에게 말을 건넸다.

"선우가 서이를 병실에 초대하고 싶었는데 못 봐서 아쉬워했어요. 선우가 동생들을 진짜 좋아하거든요. 서이 많이 아팠나 봐요."

"어머나. 진짜요? 와. 선우야. 같이 놀았으면 너무 좋았겠다. 근데 어쩌지? 서이가 좀 많이 아프네."

서이 엄마가 선우에게 말을 건넸다. 그리고 선우는 수술을 자주 받아도 어쩜 이렇게 씩씩하냐며 선우에게 몇 살이냐고 물었다. 선우가 8살이라고 대답하자 서이 엄마는 잠시 생각하더니 말했다.

"그런데 선우야, 놀랄 수도 있는데 반전 하나 얘기해줄까?"

무슨 이야기길래 서이 엄마는 반전이라는 표현을 쓴 건지 내심 궁금해졌다. 선우 또한 궁금한지 귀를 쫑긋하고 서이 엄마 말에 집중했다. 서이 엄마가 말했다.

"선우야, 서이는 동생이 아니라 9살 누나야."

그 말에 나도 얼음, 선우도 얼음이 되었다. 아무리 봐도 5살이나 6살보다 많아 보이지 않게 작고 어려 보이는 서이가 9살이라니, 놀랐지만 애써 침착한 척했다.

"선우야, 서이가 동생이 아니고 누나네. 다음엔 서이 누나라고 불러."

이내 서이 엄마는 서이 얘기를 했다. 서이가 좀 작아서 사람들이 제 나이로 잘 못 본다고. 서이는 태어났을 때부터 몸이 약해 자주 입원해 학교를 잘 못 다니고, 여기 병원 단골이라고. 말을 끝낸 서이 엄마는 다른 층에 내렸고 닫힌 엘리베이터로 선우는 서이 뒷모습만 보았다. 선우는 그날 이후로 서이를 볼 수 없었다.

세희를 처음 본 건 3층 신생아 집중 치료실 앞에서였다. 세희는 온몸이 새빨간 아주 어린 아기였다. 처음 세희를 본 날 선우는 너무 놀라 그 자리에 굳어버렸고, 나 역시 적잖이 놀랐지만, 아닌 척하며 그 자리를 빨리 빠져나왔다. 세희의 엄마, 아빠는 따뜻한 인상을 가진 사람들이었고, 멀리서 봐도 얼마나 세희를 사랑하는지 눈빛만으로 느껴졌다. 세희 부모들을 보며 난 또다시 나 자신이 부끄럽기 시작했다. 부모는 조건 없는 무한한 사랑을 준다고 하건만, 난 늘 선우가 내 기준에 따라오기를 바랐고 쉼 없이 채찍질했다. **한 번도 그들이 주는 따뜻한 눈빛을 준 적이 없었다. 부끄러움과 미안함이 물밀듯 밀려왔다.**

세희는 이후에도 종종 3층에서 마주쳤다. 올 때마다 세희는 3층 간호사 쌤들에게 무한한 사랑을 받았고 세희를 바라보는 선우 시선도 전보다는 한결 편해졌다. 선우와 3층 커피숍에서 시간을 보낼 때였다. 세희가 엄마, 할아버지와 함께 선우 건너편 자리에 앉았다. 젊어 보이는 할아버지는 세희 외할아버지로 보였다. 인자한 미소의 할아버지는 본인 딸인 세희 엄마와 손녀 세희와 함께 자리에 앉아 극진히 손녀를 살피고 있었다. 세희 컨디션이 안 좋은지 칭얼대면 혹여나 본인 딸인 세희 엄마가 힘들까 봐 직접 달래셨고, 세희 엄마는 그런 아버지에게 세희가 오늘 어떤 행동을 했는데 그게 행복했다며 온기가 섞인 대화들을 하고 있었다.

아버지와 엄마는 하루도 빠짐없이 선우 문병을 오셨다. 아버지 본인은 수술을 앞두고 몸이 편치 않으셨지만, 지하철로 한 시간 넘는 거리를 오직 선우를 보기 위해 오셨다. 선우가 수술하는 날은 2시 이후부터 금식이 풀리기에 항상 죽을 사서 오시고, 수술이 없는 날은 점심시간에 오셔 선우가 좋아하는 장기를 한참 두다 그렇게 가셨다. 그런 할머니와 할아버지를 선우는 매일 기다렸다. 운전이 힘든 연세가 됐음에도 퇴원일, 한 시간가량 걸리는 거리를 손주와 딸을 위해 매번 운전해 태워 주셨고, 너무 힘드시니, 집에서 쉬시라는 딸의 만류에도 선우를 봐야 마음이 편하다며 매일 병원으로 출근하셨다. 한 번도 부모 앞에서 약한 모습을 보이지 않은 본인 딸이 혹시나 손주로 인해 무너지지는 않을까 걱정되어 하루도 안 빼고 먼 길을 오시는 거리라. 나의 엄마인 선우 외할머니는 매일 선우를 위해 기도하셨고, 그 누구보다 이 상황을 가슴 아파했으며 선우와 내가 이 고통의 늪에서 잘 헤쳐 나가기만을 바라며 큰 힘이 되어주고 있었다.

내리사랑이었다. 세희 할아버지는 자기 딸인 세희 엄마를 보는 따뜻한 시선만큼이나, 온몸이 빨갛게 태어난 세희를 따스하게 바라보고 있었다. 세희는 그 누구보다 자신을 사랑해주는 사람들이 있기에 녹록지 않은 앞으로 세상의 빛이 되어 살아갈 수 있을 것이고, 선우 수술 후 앞으로 펼쳐질 어떠한 상황 속에서도 부모인 나보다 더 강력한 믿음과 사랑으로 든든하게 버텨주시는 조부모가 계시기에 씩씩하게 세상을 견뎌 나갈 것이다.

"엄마, 세희는 왜 몸이 빨갛지?"

선우가 내게 물었다. 어떻게 대답을 하는 게 가장 현명한 대답일까를 고민하며 쉽사리 대답을 못 하던 내게 선우가 해맑은 얼굴로 말했다.

"아, 맞다. 엄마, 학원 베키 티처도 얼굴이 갈색이잖아. 그런 것처럼 그냥 세희도 얼굴이 빨간 건가?"

선우의 영어학원 베키 티처는 갈색이라기보다 완전히 검은 피부색을 지녔다. 그런 선생님의 피부를 갈색이라고 표현하고 느끼는 선우에게 세희의 피부색은 똑같이 그냥 색깔이 다른 또 하나의 피부색으로 느껴진 게 아닐까. 어쩌면 선우 눈엔, 온갖 선입견과 고정관념으로 물들어진 나보다 훌륭한 시선이 있으리라 생각했다. 선우에게 내가 조금씩 배워가고 있었다. **선우는 입원하면서 많이 성장하고 있었다.** 아픈 와중에도 조금씩 주변 사람들에게 마음을 열고 있었다. 선우는 도형이란 친구를 병원에서 만났고 너무나 좋았는지 꿈에서까지 도형이 이름을 부르며 좋아했다. 온종일 도형이에 대해 말하고, 신나 했다. 고통스러운 병원 생활을 즐겁게 만들어 준 도형이란 친구가 정말 고마웠다. 친구에게 다가가고 싶어도 도망가기 바쁜 선우가 마음을 연 첫 친구라니, 기쁘고 고마웠다. 도형이가 어떤 병을 앓고 있길래 병원의 장기 환자가 된 걸까. 선우보다 더 오래 입원한 듯한 도형이와 도형이 엄마가 남 일 같지 않고 안쓰러웠다. 그런데도 병원에 오랫동안 입원한 환자 보호자들에게 병에 관해 묻거나 아는 체하는 건 조심스러운 일이었다. 도형이와 도형이 엄마를 마주치면 꼭 감사 인사를 하고 싶었다. 선우의 첫 친구가 되어 줘서 고맙다고. 조만간 도형이 엄마를 만나봐야겠단 생각이 들었다.

선우는 내가 없거나 잠든 사이 몰래몰래 게임을 하는 것 같았다. 원래 집에 있을 때도 탭을 가져가 몰래 게임을 하곤 했다. 종일 학교와 학원에서 친구에게 단 한 마디라도 걸기 위해 온 온주의 용기를 끌어다 쓰고 있는 아이기에 난 가끔 그걸 알면서도 눈감아줬다. 그 순간이 선우가 유일하게 숨을 쉴 수 있는 시간이라 생각했다. 매번 좋아하는 게임도 바뀌었다. 이번에는 어떤 게임을 하며 선우만의 힐링을 하고 있는지 궁금했다. 자는 척 소파에 누워 있으니 선우는 내가 잠든 걸 확인하려 내게 다가왔다.

'엄마가 진짜 잠든 건지 확인까지 하고 강선우. 너 많이 컸구나.'

내가 잠든 건지 확인하기 위해 내 눈, 코, 입을 만져대는 선우가 귀여워 웃음이 나오려는 걸 이를 꽉 깨물고 참았다. 일부러 코 고는 소리까지 내줬다.

코를 고는 내 모습에 선우는 킥킥대며 즐거워하다 침대로 돌아갔다. 잠시 후 살짝 눈을 떠 선우를 보니 역시나 게임 삼매경이었다. 그렇게 한참 신나게 게임을 한 선우가 잠들었다. 난 조심스레 일어나 선우가 하던 게임을 확인해 봤다. 얼마나 졸렸는지 로그아웃도 안 된 태블릿을 가슴에 소중히 품고 기절하듯 잠이 든 선우였다. 태블릿을 들어보니 웬 고양이가 움직이고 있었다. 밥 주기와 놀아주기, 응원의 메시지 등. 선우는 게임으로 고양이를 키우고 있었다. 그래서 즐거워하고 있었구나. 게임으로 친구를 만들며 행복해하는 선우가 갑자기 짠해져 머리를 쓰다듬어줬다.

"좋은 꿈 꿔, 선우야."

꿈속에서 선우가 좋아하는 고양이 그리고 도형이와 신나게 놀기를 바랐다. 선우는 내 맘을 아는 듯 자면서도 미소 짓고 있었다.

어김없이 밤 10시, 건우 오빠가 노크하고 들어왔다. 처음엔 내 앞 멀찌감치 떨어져 선우 컨디션을 묻고 어정쩡하게 몇 마디를 하다 더 이상 할 말이 없는지 머쓱해 돌아가곤 했다. 좋은 비누 향과 정갈한 옷차림의 그가 내 앞에 다가올 때마다 그가 결혼한 좋은 여자의 흔적을 느꼈다.

'오빠가 괜찮은 여자를 만나 더 괜찮은 남자가 되었구나.'

그가 한 걸음씩 나와의 거리를 좁힐수록 난 한 걸음씩 더 물러나고 있었다. 선우가 평소보다 매우 아팠던 날, 그래서 누군가의 위로가 진심 필요했던 그날, 오빠가 한 걸음 더 내게 다가와 조심스레 물었다.

"수정아, 혹시 말이야."

저 눈빛, 정말 곤란한 이야기를 할 때 나오는 저 눈빛에 가슴이 철렁했다. 그가 무슨 말을 할지 긴장됐다.

"너 행복하게 사는 거 맞지? 내 말은 지금 선우가 아픈 것 빼고 말이야."

생각지도 못한 질문에 난 당황했다. 내가 불행해 보였나. 아니면 그가 내가 이혼했다는 걸 어디서 들은 걸까. 무슨 말을 해야 하나 고민하는 찰나 그가 말했다.

"선우 아빠는 왜 한 번도 병원을 안 와?"

"...!! 네…? 어…."

"아니, 난 네가 힘든데 모든 걸 너 혼자 감당하고 있는 것 같아서."

"...아…. 선우 아빠…. 일이 너무 바쁜 사람이에요. 조만간 올 거예요."

당황했다. 그의 입에서 "선우 아빠"란 단어가 나올 상황을 상상해 본 적이 없었기 때문이다. 내 눈빛이 흔들리는 걸 나도 느끼고 있었지만 애써 태연한 척 난 거짓말을 했다. 표정을 들키고 싶지 않아 그의 눈을 피하고 있었다.

"아, 그랬구나. 난 또 걱정했지. 선우가 오늘 많이 아파서 돌보느라 더 힘들었겠다. 피곤하지? 내가 갈 테니 얼른 쉬어."

그가 어떤 표정으로 저런 말을 하는지는 보지 않아 알 수 없지만, 그 또한 내 눈을 바라보지 못하고 말하고 있음은 알 수 있었다. 적어도 내가 아는 그는 말이다. 떠나가는 그에게 소리 없이 말했다.

'고마워요. 오빠.'

"선우야, 너 크리스마스 선물로 뭐 받고 싶어?"

다음 날 일어난 선우에게 물었다.

"음…. 메시 유니폼?"

"작년에 음바페 유니폼 선물 받았잖아. 그거 말고 다른 거 뭐 없어? 더 좋은 거."

"음. 없는데."

"진짜? 그럼 이번에 산타할아버지한테 선우 선물로 메시 유니폼 달라고 기도해."

"잠깐, 엄마, 나 더 좋은 거 생각났어."

"오. 뭔데? 궁금하네. 뭐야? 더 좋은 거?"

"단짝! 단짝을 달라고 해야겠다."

난 선우의 말에 마음이 쿵 했다. 친구가 없는 선우가 그토록 바라는 크리스마스 선물. 선우는 단짝이 생기길 간절하게 바라고 있었다. 선우의 소원이 이루어져 이번 크리스마스엔 단짝이 생기길 나도 함께 간절하게 기도했다. 선우 반 아이들이 입원한 선우를 위해 매일 기도한다는 이야기를 담임 쌤을 통해 들었다. 선우를 아는 사람들 모두가 진심으로 함께 아파해줬고 그 힘으로 선우는 병원의 끝나지 않을 것만 같은 어두운 터널을 통과하고 있었다. 선우는 아프면서 크게 성장했다.

"안녕하세요, 저희 또 왔어요."

매번 병동 문이 열리며 인사하는 나를 고개를 들어 일제히 쳐다보는 간호사 선생님들.

"아이고. 선우야…."

일동 얼음. 다들 어쩔 줄 몰라 하며 서로를 쳐다보던 눈빛들이 잊히지 않는다. 우리의 삶은 소아병동 이전과 이후로 완전히 바뀌었다. 나의 잘못된 행동이 혹시나 아이에게 나비 효과가 될까 숨 쉬는 것마저 조심스러워지고, 아픈 아이가 나의 과거와 현재의 잘못으로 인한 것일까 하는 죄책감에 끊임없이 나를 되돌아보게 되었다. 인생에서 진정 중요한 가치와 본질, 삶의 속도에 대해 다시 고민하게 되었다. 그동안 나름 산전수전 공중전을 다 겪었다고 자부했던 내가 또다시 오만했음을 깨닫고, **"아픈 만큼 성숙한다"라는 진리를 아이가 아프고 나서야 알게 되는 것이다.**

아이는 생각보다 강하다. 그런 내 아이에게 무한한 신뢰를 보내는 것. 자연스레 아이가 내딛는 발걸음 하나하나를 응원해 주며…. 엄마가 된다는 건, 아니 엄마가 되어 간다는 건 참 어려웠다.

전수정의 첫사랑, 김건우

전수정의 첫사랑, 김건우

　병원을 이직한 지 일주일도 채 안 됐을 때였다. 새로 이직한 낯선 병원은 모든 것이 냉랭했다. 모두 이미 자신만의 리그가 있었고, 타 대학 타 병원 출신의 난 이방인이었다. 차가운 시베리아 한복판 유일하게 온기가 살아있는 곳. 아이들이 입원한 소아병동. 아프지만 해맑은 아이들. 힘들지만 날 의지하는 보호자. 그곳만이 내가 유일하게 숨을 쉴 수 있는 공간이었다. 소아병동 회진을 하루에 두 번 돌았다. 안 그래도 몇 명 없는 아래 연차 수련의들은 버거워했다. 하루에도 몇 번씩 상태가 시시각각 변하는 아이들을 위함이라 했다. 그것도 맞는 이야기였다. 하지만 유난히 온기가 흐르는 소아병동이 내 발걸음을 이끌었다. 햇살이 눈부신 병동의 하루였다. 병동

한복판에서 낯선 목소리가 들려왔다.

"오랜만이에요."

너무나 익숙한 감미로운 목소리. 꿈에서라도 듣고 싶었던 목소리. 나의 첫사랑, 수정의 목소리였다. 편한 옷을 입고 있었지만 내 눈엔 우리가 처음 만났던 그때의 얼굴과 별반 다를 게 없던, 내가 사랑하던 그녀의 모습이었다. 반가웠다. 정말 보고 싶었단 말이 목구멍까지 올라왔다. 수정의 얼굴에서 시선을 떼지 못했다. 적잖이 당황한 모습이었다. 옆에 아이가 있었다. 무슨 일인지 궁금한 듯 나와 수정을 번갈아보던 아이, 수정의 아이였다. 17년 만에 만난 우리 앞엔 현실이 놓여 있었다.

"오랜만이야."

내가 내뱉은 말이었다.

'무슨 말을 어떻게 해야 할까.'

그녀가 떠나고 17년간 매일 상상했던 재회의 순간이었다. 수없이 여러 번 머릿속으로 시뮬레이션했건만 막상 그녀 앞에 선 난 머리가 하얘졌다. 난 할 줄 아는 건 공부밖에 없는 답답한 사람이었다. 장학금을 받아야 학교에 다닐 수 있는 집안이었다. 아버지는 시골에 작은 구멍가게를 하고 계셨고, 말 그대로 난 개천의 용이었다. 집 학교 과외 아르바이트. 일급수보다 투명하다고 놀림 받는 내 일과였다.

21년 전 호프집, 난생처음 소개팅이란 걸 했었다. 찬 바람이 사그라지지 않았던 3월이었다. 선배들과의 더부살이를 청산한 난 옥탑방에 둥지를 틀었다. 겨울엔 유난히 더 추운 그곳. 처음 생긴 나만의 공간이었다. 공부할 시간까지 쪼갠 과외 아르바이트 결과. 처음 내 공간이 생기니 더한 욕심이 생겼다. 첫 소개팅에 나갔다. 30분 전에 호프집에 도착했다. 여자 눈도 마주치지 못하는 숙맥인 내가 이런 자리에서 제대로 입이나 뗄 수 있을까. 약속 시간이 한참 남아 중얼거리며 첫인사를 연습하는 내 곁으로 누군가가 다가왔다. 조도가 낮았던 호프집의 모든 조명이 반짝 켜진 듯했다. 큰 키에 얇은 팔다리, 긴 생머리의 그녀가 성큼성큼 걸어왔다. 단번에 알았다. **내게 묻지 않아도, 내가 묻지 않아도 알 수 있는 인연.**

"전수정이예요. 오늘 저 만나러 오신 것 맞죠?"

귀까지 빨개진 내 앞에 그녀가 멈춰 섰다. 갈 곳 잃은 동공이 그녀 눈을 보지 못하고 방황하고 있었다. 그런 내가 재밌었는지 그녀가 미소 지었다. 반달이 되어 버린 눈이 날 바라보고 있었다. 정말 예뻤다. 그녀는 처음 만난 내 앞에서 "주량이 어떻게 되세요?"부터 물었다.

"적당히…. 마셔요."

기어들어 갈 만한 목소리로 내가 말하자 그녀가 대차게 말했다.

"그럼 맥주 3,000으로 시킬까요?"

원래도 말수가 적었던 내가 더 말이 적어졌다. 내 앞에서 쉴 새 없이 이야기하는 그녀의 얼굴만 보아도 좋았다. 그녀 목소리가 감미로운 음악처럼 들릴 무렵 욕심이 더 생겼다. 눈을 부릅뜨고 취하는 정신을 다잡아보았다. 헤어지기 싫었다. 맥주 10,000cc. 호프집이 문을 닫는다고 했다. 일어나자는 그녀에게 무조건 집까지 데려다주겠다고 했다. 잠시라도 놔두면 그녀가 날아가 버릴 것만 같았다. 자리에서 벌떡 일어난 난 그 길로 바닥에 머리를 박았다.

일어나 보니 옥탑방. 기억은 하나도 없는 미친 귀소본능이었다. 버텨주지 못한 간이 원망스러웠다. 어떻게든 달려 나가 그녀를 만나야 했다. 첫 만남에 꼬꾸라진 남자라니.

'님아, 그 강을 건너지 마소.'

건널 수 없는 강을 건너버렸다. 그녀가 분명 오늘 법과대 본관 3층에서 1교시 전공 수업이 있다고 했다. 까치집 머리에 어제 입었던 그대로 눈곱만 떼고 캠퍼스로 질주했다. Safe! 강의실 밖으로 학생들이 쏟아져 나왔다.

햇살이 눈부시게 쏟아지는 오전이었다. 멀리서도 눈에 띄는 그녀가 어제보다 더 아름다운 모습으로 친구들과 걸어 나왔다. 그녀를 둘러싸고 있는 시커먼 놈들 속에서 홍일점 수정은 반짝거렸다. 시커먼 놈팡이들이 하이에나의 눈을 하고 그녀 옆에 부채춤을 추듯 돌고 있었다. 어제의 음주가 일체 타격감이 없는 듯 청량한 모습으로 나오던 그녀가 나와 눈을 마주쳤다. 어제 그대로인, 만신창이의 내 모습에 그녀가 웃었다.

"어제오늘 1교시 전공 수업 있다고 안 하셨어요?"

'아뿔싸.'

단 한 번도 수업을 째본 적 없던 내가 엉키기 시작했다.

전수정, 그녀 별명은 "태양계"였다. 그녀를 중심으로 모든 남자가 그녀 주변을 공전했다. 등장하면 주변 공기를 바꿔버리는 그녀는 뭇 남성들의 "태양"이었다. 저 멀리 우주 태양계 21호쯤 될법한 내가 태양 가까이 가는 데 얼마나 억겁의 시간이 필요할까. 수학 올림피아드 대상 출신인 내가 계산이 막혀버렸다.

'될 때까지 하라.'

내 좌우명이었다. 가랑비 작전. 올드하지만 매일 매일 단 한 순간도 다른 생각을 할 수 없게 나타나는 거다. 하루도 빠짐없이 나타나고 연락하고 매일 손 편지를 쓰고, 천 마리의 종이학을 접고, 촌스러운 내가 촌스러운 방식으로 내 맘을 전했다.

성년의 날, 법과대 캠퍼스 앞으로 흰 원피스를 입은 그녀가 내려왔다. 난생처음 꽃다발이란 걸 사본 내가 주변 위성들을 물리치고 그녀에게 꽃다발을 건넸다. 귀까지 빨개진 나였다. 태양계의 21호 이름 모를 위성을 위해 온 우주가 용기를 줬다.

"그런데 오빠, 왜 사귀자고 말 안 해요?"

그녀 목소리가 느림보 내 가슴에 발차기했다.

'고맙다. 수정아.'

나는 한 번 더 심호흡하고 보란 듯 좌중을 향해 큰 목소리로 외쳤다.

"나랑...사귀어 줄래?"

주변을 둘러싸고 있는 놈팡이들의 레이저에 불꽃이 터졌다. 대낮에 불꽃 튀는 그들 눈빛에 하늘에 불꽃놀이가 시작됐다. 수정이 웃었다. **태양계 이름 모를 21호 위성인 내가 그녀의 "지구"가 되어버렸다.**

그녀는 나의 전부였다. "회고 절정"이란 말이 있다. 노년기가 되어 과거를 회상할 때 가장 많이 회상하는 시기가 15세부터 30세라 했다. 인생에 있어 첫 경험이 많은 "인생 절정"인 순간이기에 잊을 수 없어 그 시기를 많이 회상한다고 했다. 내 인생 "인생 절정"은 수정을 만난 순간이었다. 항상 밝았던 그녀가 어둡고 웅크린 나를 세상 밖으로 꺼내 주었다. 그녀라는 보석이 나를 빛나게 만들어 줬다.

그녀에게 난 미안함 뿐이었다. 가난해 좋은 선물 하나 사줄 수 없고, 데이트라곤 무한정 걷기, 구내식당과 쿠폰 사용이 다인 늘 똑같은 하루였다. 서너 벌밖에 없는 내 옷을 보며 내가 창피해하지 않기 위해 "패완얼"이라며 옷보다 훌륭한 얼굴로 시선이 집중된단 농담을 해줬다. 겨울엔 춥고 여름엔 뜨거운 단칸방인 내 옥탑방을 궁

전처럼 느끼게 해준 그녀였다. 그녀는 아르바이트 첫 월급으로 내게 검정 겨울 코트를 사주었다. 병원 생활을 할 때 초라해 보여서는 안 된다며 큰맘 먹고 질러준 고급스러운 정장 코트였다. 그녀 마음만큼이나 따뜻한 천하무적 코트였다. 나중에 알았다. 그녀가 그 코트를 사기 위해 미니스커트를 입고 춤을 추는 나레이터 모델을 했다는걸.

그녀 주변엔 늘 괜찮은 사람들이 모여들었다. 그들은 우리가 헤어지는 순간만을 기다렸다. 그녀에게 미안해졌다. 가진 건 마이너스 대출 통장과 늘어나는 빚뿐. 바빠진 병원 생활에 하루도 소홀하지 않았던 내가 수정을 섭섭하게 만들기까지 했다. 사시를 준비했던 그녀와 병원 생활을 시작한 난 가난했기에 더욱 치열하게 살아야만 했다. 그 치열함에 4년의 세월이 우리를 "오래된 연인"으로 만들었다. 아버지가 아프셔 구멍가게를 접고 해결해야 할 빚만 잔뜩 남았다. 사랑한다면 보내주란 말이 세상에서 가장 무책임한 말이라고 비난하던 내가 수정에게 더 좋은 남자를 만나라 했다. 그런 말이 어딨느냐고 소리치던 그녀가 내게서 조금씩 멀어지고 있었다. 비겁한 난, 그녀를 지켜주지 못한 "위성"으로 돌아갔다. **태양이 사라져버린 암흑의 시기였다.**

그녀가 결혼했단 소식을 들었다. 좋은 집안, 연수원 수석 졸업이라 했다. 나보다 더 그녀를 행복하게 해줄 남자이기에 다행이라 생각했다. 그런데도 난 그날 밤 이기지도 못할 술을 마시고 만신창이처럼 뻗었다. 그 이후로 그녀에 대한 소식을 듣진 못했다. 종종 큰 사건을 수임한 변호사 이름에서 그녀 이름을 보았다. 내가 아는 멋진 그녀는 보란 듯이 멋지게 살고 있었다. 그녀와 헤어지고 나서 난 더 괜찮은 사람이 되기 위해 노력했다. '멋진 그녀와 사귄 남자라면 멋진 사람이었겠구나'란 말을 듣기 위해 더 노력했다. 소아청소년과를 전공과로 택했다. 피안성(피부과, 안과, 성형외과)를 선택할 수 있는 점수였다. 머릿속에 맴돌던 한 아이가 날 소아청소년과로 이끌었다. 회진에서 만난 한 꼬마가 있었다. 침대에 누워 기침하며 일어나지 못하던 6살 꼬마가 회진을 돌며 나가려는 내 손을 갑자기 부여잡았다.

"선생님, 저 여기가 많이 아파요. 안 아프게 해주세요."

한 손으론 자기 가슴을, 다른 한 손으론 내 손을 부여잡은 아이가 내게 하는 부탁이었다. 아이 손을 꼭 붙잡고 말했다.

"응. 선생님이 거기 안 아프게 치료해줄게."

내 말에 아이가 안도하는 듯했다. 잡아달란 그녀를 잡지 못했던 나였다. 그것이 내가 한 인생 최고의 실수였다. 난 아이의 꼭 잡은 두 손을 놓지 못했다.

난 미혼이다. 그녀 이후로 여자를 아예 안 만난 건 아니었다. 위로 누나만 셋, 장손인 난 귀가 아프도록 결혼하란 이야기를 들었다. 빚도 다 갚고 형편이 나아질 무렵 몇 명의 여자들을 만나봤건만 난 그들의 "결혼 상대자"였지 "사랑"이 아니었다. 조건 없는 사랑, 내 모든 것을 내줄 수 있었던 첫사랑의 기억이 나를 자극했다. 다른 여자를 만날수록 오래된 기억 속에 수정의 기억은 더욱더 짙어졌다.

그녀가 17년 만에 내 앞에 나타났다. 아픈 아이와 함께. 수정의 아이 선우의 상태가 나빠져 협진이 요청되었다. 환자가 풀이여서 받을 수 없는 나 대신 다른 교수에게 선우가 배정됐다. 환자 배정을 바꿨다. 내가 주치의가 되었다. 첫 회진으로 다시 그녀를 만날 수 있었다. 쓸데없는 소문이 돌지 않게 사무적인 브리핑을 했다. 수척한 수정의 얼굴이 마음에 걸렸다. 일이 대략 마무리되는 시간, 밤 10시가 되었다. 나도 모르게 내 발걸음이 수정의 병실로 향하고 있었다.

"똑똑."

문을 열고 들어가 보니 그녀가 잠든 선우 옆에 앉아 선우 얼굴을 쓰다듬고 있었다. 아이는 아빠보단 그녀를 더 닮은 듯했다. 선한 눈매와 또렷한 눈, 코, 입이 누가 봐도 사랑스러운 수정을 닮은 아이였다. 가까이 다가갈 순 없었다. 몇 발자국 더 가까이 걸어가는 순간 또다시 돌이킬 수 없는 강을 건널 것만 같았기 때문이다. **누군가의 아내가 된 수정을 먼발치에 서서 응원하고 지켜보는 것, 내가 할 수 있는 최선의 행동이었다.**

"많이 힘들지?"

"힘들긴, 선우도 잘 이겨내고 있는데요 뭘….”

"수술 후 면역력이 약해져서 아데노 바이러스에 감염된 것 같아. 열만 잡히면 많이 좋아질 테니까 너무 걱정하지 마.”

"…고마워요. 오빠.”

수정은 더 이상 말을 잇지 않았다. 어떻게 지냈냐, 그동안 무슨 일이 있었냐 등 하고 싶은 말이 너무 많았건만 모두 다 꾸역꾸역 목구멍으로 삼켰다. 난 다음 날도 그다음 날도 어김없이 수정의 병실을 찾았고, 우리는 공허한 대화만을 주고받았다.

아이 상태가 호전돼 퇴원하게 됐다. 퇴원하는 그녀는 내게 인사를 남기고 우리가 헤어진 그날처럼 내게서 멀어져갔다. 단란한 가정을 꾸리고 있는 듯한 그녀에게 잘 가란 인사 말고 더 이상 할 수 있는 말이 없었다. 멀어져가는 그녀의 뒷모습을 눈 안에 담았다. 돌아오지 않을 것 같았던 그녀가 며칠 만에 다시 돌아왔다. 응급콜을 받은 난 응급실로 빠르게 뛰었다. 병원 내에선 걸음걸이로 근무 연차를 추정한다고 한다. 아무리 급해도 뛰지 않고 빠른 보폭으로 걷는 교수들. 교수는 그래야 한다는 게 암묵적 룰이 있는 병원에서 머리를 휘날리며 처음으로 뛰었다.

들어오자마자 눈에 들어온 수정의 헝클어진 모습. **반달 같은 눈웃음을 달고 살던 그녀 얼굴에 웃음이 사라졌다.** 아이는 옆에서 숨을 제대로 쉬지 못했다. 높은 염증 수치에도 퇴원하라 했고 소아청소년과랑 상의해보라고 했다니. 입에서 욕이 나올 뻔했다. 누가 봐도 흉부 수술 후유증인데 그걸 책임지지 않기 위해 아이가 위험해질 수 있는 상황을 눈감아버리다니. 반드시 입원해야 한다고 수정에게 말했다.

결국 상태는 악화됐다. 여러 번의 수술과 입원을 반복하던 어느 날, 곧 온다고 했던 수정의 남편이 왜 오지 않는지 궁금했다. 간호사들에게 선우 아빠를 보았냐고 물었다. 아무도 본 적이 없다 했다. 궁금해진 난 수술 동의서와 환자 정보를 검색해봤다. 어디에도 선우 아빠의 전화번호와 이름이 없었다. 수정에게 조심스레 선우 아빠에 대해 다시 물었다. 그녀는 당황한 듯 미세하게 떨리고 있었다. 남편이 바쁘지만, 곧 올 거라고 말하는 수정이는 계속 거짓말을 하고 있었다. 거짓말을 전혀 못 하는 수정이가 거짓말을 할 때면 미세하게 떨린다는 걸 난 알고 있었다. 수정에게 무슨 일이 생긴 걸까. 그녀는 선 넘지 말라는 말을 남긴 채 병실로 돌아갔다. 계단에 남겨진 난 할 말이 산더미였다. 내 마음을 정리하기 위해 마지막으로 선우 병실 앞에 다시 섰다. 노크하고 들어가려는 순간, 안에서 목소리가 들려왔다.

"엄마, 왜 있지도 않은 아빠 얘기를 하고 일부러 선생님께 그렇게 나쁘게 이야기해? 아빠 하늘나라 갔잖아."

선우 목소리에 난 굳어버렸다. 행복하게 살고 있을 줄 알았던 수정이가 혼자 선우를 키우고 있었다니. 수정이는 선우에게 자신이 아빠 얘기를 하지 않은 것이 자신에게도, 내게도 좋은 거라 생각해 말하지 않았다고 했다.

'수정아, 그걸 말하지 않은 게 잘못이었어.'

남편이 있는 수정에겐 항상 유리장벽이 쳐져 있는 것 같았다. 장벽에 균열이 생기고 있었다. 뭐라도 말해야 할 것 같아 그녀 병실 안으로 들어가려 했다. 병실 앞에 우두커니 서 있는 날 보는 보호자들이 쑥덕거리는 게 느껴졌다. 내가 피해 보는 건 상관없었다. 그녀가 나의 행동으로 인해 남들 입에 오르내리는 건 참을 수 없었다. 뒤돌아 다시 소아병동을 나섰다. **희미한 빛줄기 하나가 보이기 시작했다.**

소나무처럼 단단한 수정이 거센 바람에 흔들리기 시작했다.먼저 전화하는 법이 없던 수정이 내게 처음으로 먼저 연락했다. 날 만난 그녀는 그동안 한 번도 짓지 않았던 황망한 표정을 하고 있었다.

"오빠…. 선우가."

"…어? 왜 그래? 선우가 왜? 무슨 일이 또 생겼어?"

"선우가. 이제 환시를 보는 것 같아…."

"…!!"

선우가 환시를 본다는 말을 한 수정은 참았던 눈물을 터뜨렸다. 여러 번의 수술에도 굳건하게 참으며 아이를 지켰던 그녀가 내 앞에서 처음으로 눈물을 보였다. 난 말없이 그녀를 안아줬다. 환시를 본다니…. 그게 무슨 말이지? 진정된 그녀 앞에 난 증상을 자세히 이야기해보라 했다. 그녀는 선우가 도형이라는 아이와 계속 만났다고 하며 보이지도 않는 아이와 대화하고 웃고 행복해한다고 말했다. 그리고 꺼내놓는 아이에 관한 이야기. 불안장애로 인한 대인기피가 있어 오랜 시간 치료받았고, 이제 겨우 좋아진 줄 알았던 선우에 관한 이야기였다. 말없이 듣던 난 그녀에게 말했다.

"많이 힘들었겠다…."

난 수정에게 선우를 직접 만나 이야기를 듣겠다고 했다. 직접 만난 선우는 수정의 말대로 이미 도형이란 아이의 단짝이 되어 있었다. 즐거워하며 도형의 이야기를 하는 선우가 참 행복해 보였다. 병실을 나와 그녀에게 말했다.

"수정아, 자세한 건 소아정신과 검사를 받아봐야 알 것 같아. 친구를 만들어야겠단 강박감이 만들어낸 환시일지, 힘든 병원 생활에서 오는 도피 감정이 만들어낸 환상일지 무엇인지는 아직 잘 몰라. 단 분명한 건 지금 도형이란 친구가 선우의 병원 생활을 버티게 하고 있단 거야. 도형이를 인정해줘. 그리고 선우에게 호응해줘. 도형이가 보이고 존재하는 것처럼 네가 지지해 주는 것, 지금은 그게 최선일 것 같아."

그녀는 고개를 끄덕거렸다. 선우가 도형이를 떠나보낼 준비가 된다면 도형이란 친구와 자연스러운 이별을 하게 될 거라고도 말했다. 모든 걸 아이를 믿고 무조건 지지해 준다면 그 무엇보다 강력한 힘으로 이겨내고 극복하는 놀라운 존재, 그것이 아이라는 생명체였다. 소아과 전문의로서의 경험이었다.

　　도형이의 이야기를 들어주다 보니 선우가 내게 재잘대기 시작했다. 처음엔 낯을 가려 몰랐는데 친해지고 나니 이런 수다쟁이가 없었다. 호기심 대왕. 유니크하고 귀여운 아이였다.

　　"선생님, 선생님은 울 엄마랑 단짝이에요?"

　　"응…. 예전에 엄마랑 선생님이랑 완전 단짝이었지."

　　"예전 언제요? 초등학교 때요?"

　　"아니. 대학교 때. 거의 20년 전 이야기야. 아주 옛날, 선생님이랑 엄마가 도형이와 너처럼 단짝이었어."

　　"지금은요? 지금은 단짝이 아니에요?"

　　"…!!음. 지금도 글쎄…. 뭐랄까."

　　더듬는 내게 선우가 말했다,

　　"선생님. 선생님이랑 엄마 지금도 단짝 아니에요? 엄마가 한번 단짝은 영원히 단짝 친구라고 했는데."

　　'선우야, 선생님은 지금도 엄마의 단짝이 되고 싶어.'

　　내 속마음이 배어 나오고 있었다.

　　"선생님, 전 선생님이 우리 엄마 단짝 친구가 다시 됐으면 좋겠어요. 엄마가 늘 나보고 단짝 친구가 없다고 얘기했는데 사실은요 우리 엄마가 나 말고 단짝 친구가 없어요."

이런 이야기를 하면 엄마에게 혼날 수도 있지만 비밀이라며 선우가 내게 귓속말을 해주었다. 당찬 수정이가 수정이를 낳았구나. 선우의 귓속말에 웃음이 터졌다.

크리스마스이브, 로비에 크리스마스 행사가 있었다. 국제진료센터 요셉 센터장님이 올해의 산타가 되어주신단 소식을 들었다. 누가 봐도 산타를 닮은 배가 나온 할아버지 요셉 센터장님은 수염만 달면 그대로 산타라 믿으리라. 이번 크리스마스도 논문 연구 준비로 어김없이 밤샘인지라 분위기를 느껴보고자 1층 무대 뒤쪽을 향해 걸어가고 있었다. 그때였다. 누군가 내 팔을 급하게 잡아당겼다.

"교수님, 정말 죄송한데요. 부탁 하나만 들어주세요. 이 부탁 하나 들어주심 여러 사람 살리시는 거예요."

병원 홍보팀 김 부장님이었다. 어버버하고 있는 내게 내 몸만 한 짐꾸러미를 건네주더니 날 화장실로 끌고 갔다. 다음 상황은 너무 빠르게 지나갔다. 단지 분명한 건 내가 갑자기 무대로 올라갔다는 거다. 날 보는 초롱초롱한 눈망울들을 보며 수염을 달고 산타복을 입은 내가 영혼 없이 "허허" 웃으며 산타 흉내를 내고 있었다. 센터장님이 갑자기 응급 수술에 들어가셨다 했다. 이 상황을 구원해 줄 사람은 소아청소년과 뽀통령, 때마침 나타난 나 뿐이라고 했다. 이건 하늘의 계시다, 아이들의 판타지를 무너뜨릴 거냐는 둥, 휘몰아치는 회유와 협박 속에 난 나도 모르게 산타 옷을 주섬주섬 입고 있었다.

"허허허, 여러분 메리 크리스마스."

웃다 보니 흰 수염 하나가 콧구멍을 간지럽힌다. 재채기가 나오려는 걸 간신히 참고 앞에 있는 아이들을 훑어보는데 선우와 수정이 보였다. 잔뜩 설레는 듯한 선우와 수정의 모습에 난 갑자기 신이 나기 시작했다.

"허허허!!!"

더 크게 웃으며 가장 큰 선물 상자를 꺼내 선우에게 건넸다. 선우 입이 귀에 걸렸다. 덩달아 수정의 얼굴에 미소가 흘렀다. 선우에게 윙크, 수정에게 윙크했다. 내 입이 헤벌쭉 벌어졌다.

크리스마스이브. 선우가 잠든 10시가 되어 난 로비에서 수정과 만났다. 늘 사람들의 눈을 피해 비상계단이나 후미진 어딘가에서 간첩 같은 접선만을 하고 헤어지던 우리였건만 마지막 날은 그러지 않기로 했다. 내일 퇴원을 앞둔 그녀의 얼굴이 한결 편안해 보였다.

"수정아, 하나만 더 물어봐도 돼?"

"....뭔데요.?"

"난 네가 솔직하게 대답해 줬으면 좋겠어. 나 선우 아빠가 없단 얘길 들었어."

당황한 그녀는 누가 그런 이야기를 했냐며 사실이 아니라고 계속 잡아뗐다. 난 그런 그녀에게 선우의 이야기를 전했다.

"수정아. 선우가 말이야."

"...??"

"나한테 내가 너의 단짝이 되어주었으면 좋겠다고 말했어. 자기
엄만 자기 빼곤 친구가 없다고."

"...!!"

"선우 눈엔 네가 외로워 보였나 봐."

"외로워 보였다"라는 말에 수정이 뭔가를 항변하려다 입을 닫았
다. 머릿속에 파노라마가 펼쳐지는 듯 회한에 젖은 눈이었다. **수정
의 시간을 기다려줬다.** 말없이 한참을 같이 앉아 있었다. 이내 입을
뗀 그녀가 한마디씩 어렵게 내뱉기 시작했다. 선우 아빠와의 이혼
이야기.

'용기 내줘서 고마워.'

마음속으로 속삭였다. 그녀의 말에 이어 난 내 말을 하고 싶었다.
단 한 순간도 널 잊은 적 없었다는걸. 그래서 난 아직도 혼자 일 수
밖에 없었다는 것.

"수정아, 나 실은 말이야."

"잠깐, 오빠. 말하지 마세요…."

"...??"

"며칠 전 우연히 오빠 얘기도 들었어요. 실은 많이 놀랐어요. 그
런데 다른 얘긴 안 들었음 좋겠어요."

내 상황을 알게 됐다는 게 무슨 의미이고, 다른 얘긴 안 들었음
좋겠단 건 또 무슨 말인지. 묻고 싶었지만, 그녀의 말을 따르기로

했다. 머릿속이 복잡해졌다. 한참 후 그녀가 말했다.

"오빠, 내일 선우가 퇴원하고 피아노 연주회를 나가요. 혹시…
거기 오실 수 있어요?

불이 꺼진 1층 로비에 옅은 조명과 그녀의 실루엣을 비추는 달빛
이 은은하게 빛나고 있었다. **꿈을 꾸는 듯한 밤이었다.**

은도형 엄마, 강한나

은도형 엄마, 강한나

2024년 11월 20일. 날이 추워지기 시작했다. 여느 때처럼 핸드폰은 거실 탁자에 두고 주방에서 도경이 줄 이유식을 만들고 있었다.

"냐옹 냐옹."

그날따라 은냥이가 구슬프게 울었다.

"은냥아, 무슨 일이야? 왜 자꾸 울어?"

평소보다 더 구슬프게 우는 은냥이 소리가 신경 쓰여 요리를 멈추고 거실에 있는 은냥이를 쳐다보았다. 은냥이는 거실 탁자에 올라가 내 핸드폰을 발톱으로 긁으며 핸드폰과 신경전을 하고 있었다. 무슨 일인가 싶어 난 은냥이에게 다가갔다.

"왜 그래? 은냥이 이거 자꾸 긁으면 엄마 핸드폰 흠집 나는데."

가까이 다가가니 핸드폰에 알림이 연신 떠 진동이 울리고 있었다. 무슨 알림인가 핸드폰을 들어본 나는 깜짝 놀라 핸드폰을 바닥에 떨어뜨렸다.

"로그인되었습니다."
'고양이 게임'이 보낸 알림이었다. '로그인'이라니. 난 도형이가 떠난 후 단 한 번도 고양이 게임을 한 적이 없는데 로그인이라니 갑자기 등골이 오싹해졌다. 고양이 게임의 로그인 아이디와 비번을 아는 건 나와 도형이 뿐이었다. 도형이가 병원에 입원했을 때였다. 난 은냥이를 그리워하는 도형이를 위해 게임을 만들었고, 도형이는 은냥이를 레벨 2단계까지 키우고 세상을 떠났다.

도형이가 떠난 작년 크리스마스는 세상이 무너지던 날이었다.
도형이를 떠나보낸 슬픔에서 헤어나기도 전 도경이가 태어났고, 삶이 무너진 난 도경이를 위해 새 삶을 살아야 했다. 도경이를 가진 것도 도형이 때문이었다. 동생이 없어 외로웠던 도형이는 어느 날 너무 슬퍼하며 동생을 낳아주지 않으면 엄마 뱃속으로 자신이 다시 들어가 버리겠다고 말했다. 도형이 아빠와 난 아이 대신 고양이를 데려왔다. 은냥이를 사랑하는 도형이를 보며 우리는 생각을 바꾸고 도경이를 갖게 됐다.

아이를 갖는 건 내게 큰 용기가 필요한 일이었다. 선천적으로 심장과 청각이 약했던 난 나를 닮은 아이가 태어날까 봐 임신을 생각하지 않았다. 뛰는 것이 힘들었고, 청각이 약해 보청기를 껴야 했던 나는 놀림 받기 일쑤였다. 그런 나를 위로하는 건 오직 게임뿐이었다. 듣지 않아도 뛰지 않아도 존재 가치를 빛낼 수 있는 곳. 난 게임 개발자가 되었고 이른바 "힐링 게임" 개발에 온 힘을 쏟았다.

도형이가 태어나자마자 먼저 해야 할 일이 있었다. 손뼉을 치고 그 소리에 반응하는지 테스트하는 것이었다. 아기 도형이가 작은 나의 목소리에 반응해 웃고, 그걸 따라 하는 순간 난 감사 기도를 올렸다. 생각보다 잘 뛰고 잘 노는 도형이의 모습에 내 인생의 먹구름이 사라지는 듯했다. 하지만 7살 도형이가 숨을 못 쉬고 병원에 온 그날부터 난 말할 수 없는 죄책감에 주저앉았다.

도형이가 떠나는 날이었다. 난 도형이 가슴에 은냥이의 모습이 담긴 핸드폰을 같이 올려 주었다. 도형이가 가는 마지막 길이 외롭지 않기를, 하늘에 별이 되어 빛이 될 도형이 옆에 은냥이가 수호천사가 되어 지켜주기를 바랐었다. 도형이는 너무나 스윗한 아이였다. 까불긴 해도 애교도 많고 배려도 많은 의사가 꿈인 멋진 아이였다. 잘 못 듣는 나를 위해 편지를 자주 써주고, 자신만의 수화로 내게 말을 걸어주는 그 누구보다 스윗한 나의 아기였다.

도형이가 떠나고 도형이의 병실에 갈 용기가 나지 않았다. 그곳에 가면 도형이의 낙서, 목소리, 숨소리 모든 것이 나를 무너뜨릴 것만 같았기 때문이다. 도형이를 떠나보내고 정신을 잃었다. 정신을 차려보니 도경이가 날 바라보고 있었고, 배고파 울고 있는 아기를 보며 하염없이 울었다. 살아야 했다. 살아내야만 도형이에게 자랑스러운 엄마가 될 수 있을 것만 같았다. 도형이는 항상 말했다.

"엄마, 난 엄마가 제일 자랑스러워. 게임도 잘 만들고 뭐든지 잘하고 엄마는 진짜 짱이야."

세상 무엇보다 엄마가 제일 자랑스럽다는 아이를 위해 그렇게 1년을 버텼다.

도형이가 떠나고 "고양이 게임"을 출시했다. "고양이 게임"의 정식 이름은 "친구가 되어줄래?"였다. 도형이가 은냥이를 만난 첫 순간부터 도형이가 만나지 못한 어른 은냥이의 모습까지 상상하며 하나씩 만들었다. 내가 응원의 말을 건네면 도형이가 힘을 냈던 것처럼 많은 사람이 게임을 하며 은냥이를 사랑하고 돌보고 응원하길 바랐다. "친구가 되어줄래?" 게임은 대박이 났다. 대박의 이유는 간단했다. 레벨 5까지 도형이와 내가 나누었던 말과 감정이 비밀처럼 녹아 있었고 게이머들은 추리와 미션에 열광했다. 생각보다 마지막 단계인 5레벨에 도착한 사람은 많지 않았다. 이 게임은 정답이 정확하게 정해져 있지 않은 감성 게임이었다. 게임이 폭발적으로 인기를 끌 수 있었던 또 하나의 요인은 레벨 5에 도착하면 자신이 입력한 집 주소로 은냥이 인형 선물이 도착하는 것이다.

"친구가 되어줄래" 게임의 반전은 또 하나 있다. 레벨 5에 도달한 은냥이는 멋진 성인 고양이가 된다. 성인 고양이가 되어 멋지게 성장시키는 게 게임의 끝이라고 생각했다면 그건 또 오산이다. **"친구가 되어줄래" 게임의 마지막, 어른 고양이 은냥이는 친구와 마지막 작별을 하고 자기 길을 떠난다.** 이 게임을 출시한 후 많은 이용자가 남긴 후기에서 "해피엔드인 줄 알았던 게임이 이토록 슬픈 게임이었다니." "어떻게 만든 친구인데 이렇게 떠나냐?" 등 각종 비난들이 난무했다. 난 친구와의 작별이 새드엔딩이 아니길 바랐다.

친구가 좋아하는 것을 챙겨주고, 함께 나누고 즐거워하며 행복했던 시간을 잘 마무리하는 것. 그리고 떠나는 친구와의 이별이 그리 슬픈 것은 아니라는 것. 가슴 속에 은냥이는 평생 살아있으므로 괜찮다는 것을 알려주고 싶었다. 그것이 "친구가 되어줄래"의 메시지였다. 도형이와의 이별은 영원한 것이 아니라는 것을 믿고 싶었다. 도형이와 함께 했던 흔적을 지우기 위해 우리는 이사했지만 내 마음은 소아병동을 떠날 수 없었다. 도형이가 영원히 내 곁을 떠난 게 아니라고 믿었기에 난 일상을 견딜 수 있었다. 그런 내게 어느 날 나타난 메시지

"로그인했습니다."

매일 매일 도형이 아이디로 누군가가 로그인했다. 그리고 매일 점수를 올리며 레벨을 올리고 있었다. 처음엔 아이디와 비번을 해

킹당해 누군가 장난을 치는 거로 생각했다. 그런데 미션 메시지들의 흔적들이 너무 익숙하게 느껴졌다. 낯설지 않은 말투와 도형이와 나만 아는 비밀들. 하나씩 미션을 해내는 무언가가 내게 말하고 있는 것 같았다.

"나를 봐. 내가 여기 있잖아."

아이피를 추적했다. 그런데 아이피의 주소는 한마음 병원. 도형이를 보낸 그 병원이었다. 가슴이 쿵쾅거리기 시작했다. 도형이를 떠나보냈던 지독했던 성탄절, 하루가 모자란 일 년인 2024년 12월 24일 아침, 문 앞으로 레벨 5에 도달한 은냥이 인형이 도착했다. 은냥이는 자신과 꼭 닮은 인형을 보고 발톱을 드러낸 채 울음소리를 냈다. 도경이는 은냥이 인형을 보고 끌어안고 좋아했다.

"친구가 되어줘서 고마워."

도형이가 잠들면 난 항상 도형이 귀에 속삭이곤 했다. 어릴 때부터 친구가 없었던 내게 나의 아이 도형이는 최고의 아이이자 나의 친구였다. 누구보다 내 맘을 잘 헤아려주고 어른인 내게 힘을 주는 아이. 난 도형이의 엄마이자 친구가 되려 노력했다. 그런데 도형이는 오히려 내게 힘이 되고 힐링을 주는, 아들보다 친구에 가까운 아이였다. 고마웠다. 나의 단짝. 나의 사랑, 나의 아이 은도형.

"넌 최고의 친구야."

도형이가 내게 보내는 메시지 같았다. 눈물이 차올랐다. 그런데 얼마 후 누군가 내게 문자를 보내왔다.

"안녕하세요, 저는 강선우 엄마 전수정이라고 합니다. 믿기 어려우시겠지만, 지금부터 제가 들려드리는 이야기를 듣고 믿게 되신다면 제게 연락해주시길 바랍니다."

서두가 긴 이상한 문자였다. 장문의 메시지. 메시지를 끝까지 읽는 순간 나는 내 눈을 의심하고 있었다.

너와 나 우리만 아는 비밀

너와 나 우리만 아는 비밀

크리스마스가 다가왔다. 크리스마스까지 병원에 있을 거라곤 상상도 못 했다. 여러 번의 수술을 하고, 많은 일을 겪은 이곳 병동이 이제 그 어느 곳보다 편하고 안전한 곳이 되었다. 난 크리스마스 도형이와의 약속을 지키기 위해 매일 고양이 게임에 접속해 미션들을 수행했다. 레벨 3이 된 날 고양이는 상자 밖으로 모습을 드러냈다. 레벨 4가 된 날은 주변을 걷고 발을 쭉 뻗어 스트레칭을 했다. 매일 보너스 미션을 했는데도 10,000점까진 아직 300점이 남았다. 크리스마스이브까지 레벨 5를 만들어야만 했다. 수술해 힘든 날에도 워치를 차고 오천 보를 걸었다. 낮에 병원에서 도형이를 마주치지 못한 날엔 밤에 도형이가 내 병실로 놀러 왔다. 어느 날 도형이에게 혹시 내가 잠들어 도형이와 놀지 못할까 봐 걱정된다 했더니 도형이는 "걱정 마. 그럼 내가 네 꿈에 나오면 돼지."라고 말하며 씩 웃었다. 도형이는 한 번도 약속을 어기지 않았다.

'오늘은 도형이를 못 만나고 자나?'

기다리다 잠들어버리면 도형이는 어김없이 내 꿈에 나와 같이 놀았다.

"선우야, 이번 크리스마스에 넌 뭐하고 싶어?"

"크리스마스? 나 원래 크리스마스에 피아노 연주회에 나가기로 했는데…. 퇴원하고 연습하고 나가려고 했는데 아무래도 그때까진 퇴원 못하겠지? 아마 못 나갈 것 같아."

"연주회? 여기 병원에서도 크리스마스에 1층 로비에서 연주회 하는데. 너 로비에 피아노 있는 거 못 봤어?"

"피아노가 있었나…? 아, 그러고 보니 피아노가 있었네. 트리 옆에, 맞지?"

"응. 근데 너 무슨 곡 연주해?"

"나? 학교 가는 길. 너 그 노래 알아?"

도형이는 그 노래 모르는 사람도 있냐고 낄낄댔다. 그 노래는 유치원생과 초등학생 연주회 단골 노래라 피아노 선생님들이 죽어라 연습시키는 곡이라고, 자기도 피아노 쌤에게 손가락 맞아가며 배운 노래라 잊지도 않는다고 했다. 도형이는 갑자기 입으로 "학교 가는 길"을 흥얼거렸고 나도 덩달아 신이나 같이 흥얼거렸다. 갑자기 합창이 이루어졌다. 기분이 너무 좋아졌다.

한참을 그렇게 노래를 부르다 멈춘 도형이가 말했다.

"선우야, 너 받고 싶은 선물 있어? 내가 너한테 크리스마스 선물 해준다고 했잖아."

"받고 싶은 선물?"

잠시 망설이던 내가 대답했다.

"메시 유니폼."

"리우넬 메시? 나도 축구 완전 좋아하는데. 네가 그 말 하니깐 축구 너무 하고 싶다 야옹. 내가 꼭 너 메시 유니폼 선물해줄게."

"아니야, 도형아, 네가 이미 나한테 선물을 줬어. 그래서 유니폼 선물 안 줘도 돼."

"어? 난 너한테 선물 준 적 없는데."

"아니, 넌 기억 못해도 난 너한테 선물 받았어. 그래서 괜찮아."

"진짜? 아. 무슨 선물인지 궁금하다 옹."

"있어. 그런 게... 킥킥킥."

도형이에게 난 성탄 선물로 메시 유니폼을 받고 싶다고만 했다. 내가 정말로 받고 싶은 게 "단짝"이라는 건 일부러 이야기하지 않았다. 도형이는 모르지만 난 분명 도형이에게 "단짝 친구" 선물을 받았기 때문이다. 도형이와 고양이. 둘은 내게 친구가 되어줬다. 둘과 함께 하는 시간은 정말 즐거웠다.

"선우야, 근데 너 이제 수술 안 해도 되니까 퇴원하면 바로 축구할 수 있잖아. 이제 완전 빨리 뛸 수 있을걸."

"진짜? 빨리 뛸 수 있을까?"

"그럼. 너 잘 뛰게 생겼어. 너 캡틴 손흥민처럼 되면 꼭 나한테 사인해줘."

도형이의 말에 신이 난 나는 나의 시그니처 포즈인 축구선수처럼 팔짱 끼기를 보여줬고 도형이는 자기 환자복 가슴팍을 흔들어대며 축구선수 포즈를 따라 했다. 그 모습이 너무 웃겨 깔깔대던 나는 나도 모르게 바지에 오줌을 찔끔했다.

'엄마한테 혼나겠구먼.'

그래도 모르겠다. 잇몸을 드러낸 못난이 웃음으로 자기 옷을 흔들어대는 도형이가 너무 웃겨 계속 웃음이 나왔다.

도형이는 매일 밤 병실에 나를 찾아와 이런저런 얘기들을 했다. 자기 엄마는 게임 개발자고 자기를 위해 고양이 게임을 개발했단 얘기. 자기가 뭔가를 잘하면 항상 엄마는 "최고야"라는 이야기를 했다는 것. 그런 엄마가 동생 도경이를 돌보느라 자신은 잊은 것 같아 너무 무섭다고 말했다. 늘 밝기만 한 까불이 도형이가 "무섭다"란 말을 처음으로 했다.

"잊혀진 것 같아 무섭다."

난 그런 도형이가 불쌍했다. 무슨 말을 하면 위로가 될까 고민하던 내가 말했다.

"도형아. 너희 엄마는 절대 너 안 잊어. 왠지 알아?"

"뭔데.?"

"너 말이야."

도형이는 두 눈을 동그랗게 하고 내게 초집중했다. 도형이의 세 모난 고양이 귀 머리띠가 더 볼록 올라온 것만 같았다.

'넌 말이지, 까먹어 버리기에 너무 못생기게 웃어. 절대 못 잊어. 킥킥킥."

"뭐라고? 너. 강선우….

도형이는 어이없다는 듯 날 쳐다보다 웃음이 빵 터졌다.

"진짜 못났다. 못났어."

난 엄마가 내 우는 모습을 보며 혀를 끌끌 차며 하던, 못났다는 말을 따라 했다. 도형이의 웃는 모습은 진짜 못난이 같이 웃겼다. 우리도 다시 또 깔깔대고 웃었다.

도형이는 계속 자기 엄마 얘기를 한참 했다. 엄마가 많이 보고 싶다고. 그러고 보니 나도 갑자기 산책하러 나간 엄마가 갑자기 보고 싶었다. 난 엄마가 저렇게 잠깐만 사라져도 엄청나게 보고 싶은데 오랫동안 엄마를 못 봤다는 도형이는 얼마나 보고 싶을까. 운동할 필요가 없이 살이 쪽쪽 빠져 앙상하게 말라가는 엄마는 매일 배 불러 걷겠다며 밤에 나가곤 했다.

"근데 선우야, 너 밤마다 너희 엄마 어디로 나가시는 거 알아?"

"배부르다고 산책 나갔다 했는데…. 아마 병원에서 계속 걷고 있겠지."

"너희 엄마 너 담당 소아과 쌤 있잖아. 그 쌤이랑 밖에서 자주 만나는데."

"엥? 왜?"

"그건 모르지, 여하튼 친해 보여".

"어. 엄마와 그 아저씨 친한 거 맞아. 엄마 말론 베프였대…"

"어쩐지. 진짜 친해 보였다 옹."

'소아과 쌤도 나랑 도형이 같은 단짝인 건가.'

나는 문득 궁금해졌다.

다음 날 눈을 뜨자마자 난 엄마에게 물었다.

"엄마, 엄마 소아과 쌤이랑 혹시 밤에 만나?"

"아니, 그게 아니라 너 상태 듣느라고 만난 거지."

나를 깨우던 엄마가 눈을 뜨자마자 한 내 질문에 갑자기 당황한 듯 얼버무렸다.

"그건 회진 때 다 들은 거 아냐?"

"어? 그때 못한 얘기들이 있어서 더 듣는 거지. 그리고 쌤이랑 엄마 옛날부터 친구였잖아. 할 말이 많지. 근데 너 내가 밤에 쌤 만난 건 어떻게 알았어?"

"어? 아. 그거. 다른 사람들이 얘기해줬어."

"다른 사람? 누구?"

엄마는 당황한 듯 내게 꼬치꼬치 물었고, 나는 결국 도형이한테 들었다고 이실직고해 버렸다.

"도형이? 도형이가 아직도 퇴원 안 했어?"

"응. 도형이는 나보다 더 오래 병원에 있었대. 앞으로도 더 오래 있을 건가 봐."

"그래? 안됐다. 도형이. 근데 선우야, 도형이는 언제 또 만났어?"

"도형이가 밤에 우리 병실에 매일 놀러 오는데. 엄마 산책하러 갔을 때."

"...신기하네, 어떻게 내가 산책하러 나간 시간에만 놀러 오냐, 도형이 완전 귀신이다. 큭큭."

"엄마가 산책하러 나간다고 하고 너무 오랫동안 안 돌아오니까 그렇지. 뭐."

내가 엄마 말에 뾰로통하게 대답하자 엄마는 괜히 화제를 돌리며 말했다.

"선우야, 도형이 어디 병실이라고 했지? 나중에 도형이 엄마한 테 커피라도 한 잔 사야겠어."

"도형이가 늘 날 찾아오니까 내가 병실 번호는 안 물어봤지. 어른 병동이라 했는데. 그리고 도형이 엄마 여기 없대. 아기 보느라 간병인 선생님이 도형이 봐주고 있대."

"진짜? 도형이 진짜 엄마가 보고 싶겠다."

엄마는 도형이가 더 불쌍한 듯 그럼 다음에 도형이 만나면 꼭 엄마가 있을 때 병실로 초대하라고 했다. 또 도형이가 좋아하는 음식도 시켜줄 테니 꼭 물어보라고 했다. 난 도형이를 만나면 놀기 바빠 엄마 말을 깡그리 잊어버렸다.

도형이와 함께 하는 시간과 장난은 늘 재밌었다. 어느 날 도형이는 고은님 쌤이 권태산 쌤을 좋아한다 했다. 그런데 권태산 쌤은 김나정 쌤이랑 사귄다고, 은님 쌤이 그걸 눈치채고 그만 짝사랑했으면 좋겠다고 했다. 유치원 스쿨버스 탈 때 일이었다. 난 나보다 한 정거장 먼저 타는 소윤이가 내 옆에 앉기를 매번 바랐는데 소윤이는 항상 인기짱 조우연 옆에 앉기 위해 김주아와 자리 경쟁했다. 결국 조우연은 오른쪽 김소윤, 왼쪽 김주아에게 끼어 작은 셔틀버스 자리에 나란히 앉아 등·하원을 했다. 난 그런 소윤이를 맨 뒤 나 홀로 자리에 앉아 쳐다보기만 했다. 1년 동안 소윤이 바로 뒤에 앉았건만 소윤이는 늘 우연이 옆에 바짝 붙어 웃으며 우연이와 이야기했다. 난 문득 착한 은님 쌤이 그때의 내 맘 같지 않기를 바랐다. 은님 쌤이 권태산 쌤을 더 좋아하기 전에 빨리 알려줘야겠단 생각이 들었다. 1년 동안 내가 소윤이 뒤에서 쳐다봤는데 소윤이는 단 한 번도 내게 말을 걸지 않았다. 은님 쌤이 많이 슬플 것만 같았다.

"권태산 쌤 등에 "나정이 거"라고 붙일까. 그걸 은님 쌤이 보면 되는 거잖아."

난 기막힌 아이디어를 떠올렸다. 이런 내 말에 도형이는 나를 보고 천재라 했다. 우쭐해진 나는 실행에 옮겼다. 어벤져스 팀이 회진을 돌 때였다. 권태산 쌤 등에 "나정이 거"를 붙였고 그걸 고은님 쌤이 보게 했다. 옆에 있던 김나정 쌤은 놀라 귀까지 빨개지며 급히 종이를 뗐고 권태산 쌤 또한 얼굴이 빨개졌다. 병동 안 사람들과 자수성 쌤, 공진영 쌤만 웃으며 둘을 바라봤고 늘 웃상인 은님 쌤의 얼굴에 구름이 끼었다.

엄마는 장난친 나를 불러 혼을 냈다. 누구에게도 마음을 가지고 장난을 쳐서는 안 되는 거라고. 갑자기 엄마 핸드폰 전화벨이 울렸다. 엄마는 병실에서 반성하고 있으라 하고 잠시 밖을 나갔다. 한참 반성했는데도 엄마가 돌아오지 않아 궁금해진 나는 엄마를 찾아 병동을 돌아다녔다. 마침 병동에 들어오던 도형이는 내게 엄마가 있는 곳을 알려줬다. 엄마를 4층 비상계단에서 봤다고 했다. 나는 4층 비상계단 문으로 갔다. 문을 열고 내려가려는데 밑에 엄마 목소리가 들렸다. 발걸음을 멈추고 소리를 들었다. 엄마와 소아과 김건우 쌤의 목소리였다. 얼굴을 좀 더 보려고 목을 내밀었더니 건우 쌤은 엄마에게 커피 캔 하나를 건네고 있었다. 이런저런 이야기를 하던 건우 쌤이 망설이는 듯 엄마에게 말을 건넸다.

"수정아, 내가 말이야. 본의 아니게 이걸 봤어."

건우 쌤은 가운 주머니에서 종이 하나를 꺼내서 엄마에게 보여줬다. 종이를 본 엄마는 당황한 듯 종이를 내려놓고 손톱을 만지작거렸다. 손톱을 만지작거리는 건 엄마가 곤란할 때마다 나오는 버릇이었다.

"이런 질문 실례인 줄 아는데 꼭 물어봐야 할 것 같아서. 왜 입원 동의서랑 수술 동의서 보호자란에 너밖에 없어?"

"그냥 안 쓴 거예요. 바쁜 사람 귀찮게 하고 싶지 않아서."

"귀찮게 하고 싶지 않았다고? 그게 말이 돼?!! 자기 아들이 수술하고 입원하는데 어느 아빠가 그걸 귀찮다고 여겨! 수정아, 솔직하게 얘기해봐. 너 행복하게 사는 거 맞아? 선우 아빤 어디에 있어?"

"선우 아빠 회사가 정말 바빠 내가 일부러 안 적은 거예요. 그게 다예요."

"선우 아빠가 지금 상황을 아는 게 맞아? 수정아. 너 진짜 거짓말 아닌 거지?"

"오빠, 선우를 잘 보살펴주고 치료해 준 건 고마워요. 근데 이건 아닌 것 같아. 내가 왜 오빠한테 밤에 병실로 오지 말고 할 말 있음 밖에서 보자고 한 줄 알아요? 내 귀에 들려요. 병동 사람들이 수군 거리는 것, 우리 둘 다 아무 사이 아니라고 해도 우리 둘이 다 그럼 안 되는 사람들이잖아. 오빠, 우리 서로 선 넘지 말아요."

거짓말. 엄마는 아빠가 하늘에 별이 됐다고 했다. 그런 아빠를 살아 있다고 하다니. 엄마는 아저씨에게 거짓말을 하고 있었고 진짜 엄마의 마음을 숨기고 있었다. 엄마의 목소리, 표정, 몸짓만 봐도 난 알았다. 엄마는 왜 그런 거짓말을 했을까. 다시 병실에 가 앉아 있으니 엄마가 돌아왔다. 돌아온 엄마에게 난 다짜고짜 말했다.

"엄마, 거짓말하면 나한테 피노키오처럼 코가 길어진다고 했잖아. 엄마 코도 이제 금방 길어지겠네."

"응?? 그게 무슨 말이야? 선우야."

"나 방금 계단에서 엄마랑 아저씨 얘기하는 것 들었거든. 근데 엄마, 왜 있지도 않은 아빠 얘기를 하고 일부러 선생님께 그렇게 나쁘게 이야기해? 아빠 하늘나라 갔잖아."

엄마는 얼음. 당황한 듯 아무 말도 못 했다.

엄마와 나 사이에 한동안 정적이 흘렀다. 난 언제나처럼 태블릿을 꺼내 고양이 밥 주기를 시작했다. 눈은 태블릿에 있었지만, 신경은 온통 아무 말도 안 하는 엄마에게 가 있었다. 엄마가 무슨 말을 할지 궁금했다. 엄마는 그런 내게 다가와 말했다.

선우야, 너 아까 권태산 쌤 등에 종이 붙여서 은님 쌤 보게 했지?"

"응…. 맞지."

엄마는 왜 또 내가 잘못한 얘기를 하는지 갑자기 내 목소리가 작아졌다.

"아니. 나 그거 반성 다 했어. 잘못했어요."

"너 권태산 쌤 등에 그거 붙인 게 은님 쌤한테 태산 쌤 애인 있는 거 알려주려고 한 거잖아."

"응. 엄마 어떻게 알았지…?"

"엄마는 너의 모든 걸 다 알고 있어. 근데 선우야, 너 그거 잘한 행동일까. 아닐까?"

"잘못된 행동...이요."

더 작아진 목소리로 내가 말했다.

"가끔은 말하지 않고 비밀로 지켜야 하는 것도 있는 거야. 은님 쌤이 권태산 쌤 좋아하는 것도, 다정 쌤이 태산 쌤이랑 만나는 것도 서로 들키고 싶지 않았을 것 같은데. 둘 다의 비밀을 굳이 그렇게 얘기할 필요가 있을까."

엄마 말을 듣다 보니 나도 모르게 고개를 끄덕이고 있었다.

"선우야, 엄마는 친구인 건우 쌤에게 선우 아빠 얘기는 굳이 하고 싶지 않아. 그게 나한테도 건우 쌤에게도 좋은 거로 생각했어."

엄마 말이 정확히 이해는 되지 않았지만 난 계속 고개를 끄덕였다.

"선우야, 가끔 다 얘기하지 않아도 진짜 친구들은 그걸 다 이해해. 나중에 내 친구가 거짓말을 했더라도 진짜 친구끼리는 이해할 수 있는 거야. 선우도 그런 친구가 생길 거야."

'거짓말을 해도 이해할 수 있는 친구?'

"그리고 선우야, 가끔은 그런 거짓말이 좋은 친구를 잃지 않게 하는 거야."

들을수록 아리송한 엄마의 말이었다.

'거짓말이 좋은 친구를 잃지 않게 한다니.'

엄마는 그날 온종일 어려운 말을 해댔다.

엄마는 피곤해 잠시 소파에서 눈을 붙이고 있겠다 했다. 난 엄마에게 그럼 잠시 나도 1층에 산책하고 오겠다고 하고 병실 밖을 나갔다. 엄마가 없는 사이 얼른 오천 보나 걸어야겠다. 속도를 내 나가려는데 옆 병실 문이 열렸다. 1404호 김정현 형아의 병실. 오늘따라 이상하게 병실 커튼이 활짝 쳐져 있었다. 열리는 문 사이로 송금목 쌤이 수액을 갖고 나오고 있었다. 정현이 형아는 무슨 치료를 받고 있는지 궁금해 안을 들여다보는데 난 순간 놀라고 말았다.

활짝 젖혀진 커튼 사이로 정현이 형 얼굴이 보였다. 물론 내가 단짝을 하고 싶었던 우리 반 정현이는 아니었다. 정현이 형아는 정말 정현이보다 10센티는 큰 형아가 맞았다. 그런데 문제는 그게 아니었다. 형아의 머리. 형아는 머리카락이 하나도 없었다. 민머리…. 옆 침대 머리맡에 모자가 놓여 있었다. "헉, 형아 머리가…." 나도 모르게 큰 목소리로 내가 이야기하자 당황한 송금목 쌤이 황급히 "쉿"하며 병실 문을 닫았다. 닫히는 문 사이로 정현이 형아와 눈을 마주쳤고, 눈을 마주친 형은 놀라 다급하게 모자를 썼다. 문이 닫혔다.

"선우야, 남의 병실 앞에서 훔쳐보는 거 아니라고 했지?"

송금목 쌤의 말이 귓가를 때렸지만, 머리카락이 없는 형아의 모

습은 충격적이었다. 쌤은 움직이지 않고 얼어있는 날 데리고 간호
사실로 데려갔다.

"선우야, 혹시라도 정현이 형아 머리카락 얘기하면 안 돼. 정현이
형은 자기 머리 남들이 보는 걸 제일 싫어해."

"왜 머리카락이 없어요? 미용사 선생님이 다 잘랐어요?"

"아니, 자른 게 아니라 형이 받는 치료가 머리카락을 빠지게 했어."

"헐. 그럼 어떡하지. 선생님 그럼 나도 형아처럼 치료받고 머리카
락이 빠져요?"

"아니, 선우가 받는 치료는 머리카락이 빠지진 않아, 근데 형이
받는 치료는 머리카락을 빠지게 해서 정현이 형이 지금 아주 슬퍼.
그러니까 선우는 형 머리 본 거 절대 아는 척하지 마. 형이 속상하
지 않게."

"저 아까 형아랑 눈 마주쳤는데요."

"아이고, 내가 커튼을 닫았어야 했는데."

정현이 형아랑 눈을 마주쳤다는 말에 송금목 쌤이 혼잣말로 중얼
거렸다. 송금목 쌤은 정현이 형아가 머리 모습 보는 거 제일 싫어하
니 그건 꼭 "비밀"로 해달라 했다. 그리고 쌤이 다시 신신당부했다.

"선우야, 너 비밀 알지? 상대방이 알리고 싶어 하지 않는 건 절대
알리지 않는 거야. 선우가 상대방을 정말 좋아한다면 꼭 그 사람의
비밀을 지켜줘야 해. 알았지?"

난 알았다고 대답했다. 송금목 쌤은 내게 "멋진 사나이"라며 머리
를 쓰다듬어 줬다. 그러고 보니 병원에 있으면서 정현이 형아를 한

번도 본 적이 없었다. 혹시라도 머리카락을 들키기 싫어 밖을 안나온 걸까. **난 문득 정현이 형의 비밀을 꼭 지켜줘야겠다고 생각했다.**

엘리베이터를 타고 1층 로비에 내려왔다. 사람들이 북적이고 있고 크리스마스트리가 반짝반짝 빛나고 있었다. 크리스마스이브가 며칠 안 남아서인지 병원엔 크리스마스 분위기가 물씬 났다. 크리스마스트리 옆 소원 트리 앞에 서서 소원들을 읽고 있었다. 참 많은 사람이 다양한 사연을 갖고 있는데 유난히 많이 적은 문구들이 있었다. 아프지 말게 해달라는 것. 고맙다는 것. 사랑한다는 것. 수많은 사람이 같은 마음을 갖고 있다니 참 신기했다. 소원 트리에 꽁꽁 묶인 내 엽서의 "아프지 않게 해주세요"가 여전히 잘 묶여 있었다.

'근데 이 소원 트리 정말 소원을 제대로 들어주는 게 맞나. 왜 내소원은 안 들어주나.'

입이 삐쭉 나왔다.

"선우야, 오천 보 걸었어?"

언제 왔는지 도형이가 내게 다가와 말을 걸었다. 난 매일 오천 보를 걷고 레벨 5가 되기까지 앞으로 300점만 더 따면 되니 절대 걱정하지 말라고 했다. 도형이는 그 말에 반짝 눈이 빛났다.

"도형아, 근데 꼭 레벨 5가 되어야 해? 네가 그냥 엄마한테 전화해서 오라고 하면 안 돼?"

"...응. 그런 게 있어. 나 엄마를 놀래켜 주고 싶거든. 레벨 5로 만드는 게 엄마를 위한 내 크리스마스 선물이야."

"오. 그럼 그 크리스마스 선물을 내가 대신 만들어주는 거야? 진짜 멋진데."

"그럼 당연하지. 나 네가 와줘서 진짜 고마웠어. 너만 내 소원을 들어줄 수 있거든."

"그게 무슨 말이야? 나 말고 다른 사람한테 그 게임을 부탁하면 되잖아."

"아니, 그럴 수 없어. 너만 그 게임을 해낼 수 있어. 넌 특별하니까."

나만 그 게임을 해낼 수 있다니 도형이 말이 날 신나게 했다. 날 특별하다고 말해주는 도형이. 도형이는 내 단짝, 친구가 되어주고 있었다. 도형이가 말했다.

"선우야, 너 진짜 친구가 뭔지 알아?"

"뭔데?"

"어떤 상황에서든 그 사람 편을 들어주고 믿는 거. 그리고 그 사람의 비밀을 지켜주는 것."

"오호, 비밀 지켜주기는 내가 잘할 수 있지. 내가 아까 송금목 쌤과 약속했거든. 비밀 지켜주는 멋진 사나이가 되겠다고."

도형이는 그런 나를 보고 다시 엄지척을 보였다. 나도 신이나 엄지척으로 화답했다. 저 멀리에서 누군가가 나를 부르며 다가왔다. 엄마였다.

"선우야, 강선우! 너 항생제 주사 맞아야 한대. 올라가자. 근데 너 누구 보고 엄지척하는 거야?"

"나? 도형이. 아 맞다. 엄마 도형이 소개해 달라고 했지? 엄마 타이밍 짱이다. 얘가 내가 말한 도형이야. 은도형."

드디어 도형이가 엄마를 만났다. 난 엄마가 도형이를 당연히 맘에 들어 할 것 같아 두근거리는 마음으로 도형이를 엄마에게 소개해줬다. 엄마는 갑자기 굳어버렸다.

"선우야, 도형이가 어디 있어?"

"여기 내 바로 앞에 있잖아."

"...!! 선..우..야..."

"..왜? 인사해 엄마. 도형이 보고 싶어 했잖아."

"...선우야...너 누굴 보고 이야기하는 거야? 도형이 여기 없어."

거짓말. 엄마는 또 거짓말을 하고 있었다.

'도형이가 내 앞에서 저렇게 웃고 있는데, 없다니.'

엄마는 당장이라도 울 것 같은 표정으로 날 쳐다보았다.

"엄마, 참 나쁘다. 거짓말만 하고."

엄마는 말없이 내 손을 잡았다. 반짝이는 크리스마스트리가 어지럽게 빛나고 있었다.

크리스마스,
선물이 도착했습니다.

크리스마스, 선물이 도착했습니다.

엄만 내 손을 잡고 병실로 올라갔다. 내 머리에 열이 있는지 손으로 재보고 부산스럽게 옆에서 움직이더니 갑자기 소파에 털썩 주저앉아버렸다. 날 가지런히 침대에 앉힌 엄마가 내게 말했다.

"선우야, 도형이 만난 얘기, 엄마한테 자세하게 말해줄 수 있어?"

엉덩이 탐정보다 집요한 엄마의 꼬치꼬치 탐문이 다시 시작됐다. 대충 얼버무렸다간 어차피 엄마는 꼬리에 꼬리를 물고 질문할 것이기에 난 차근차근 도형이를 만난 얘기를 했다. 미소를 띠고 내 얘기를 듣고 있었지만, 엄마의 눈동자가 불안하게 떨리고 있었다. 도형이에 대한 많은 얘기를 했지만 난 도형이와의 크리스마스 약속에 대해선 말하지 않았다. **그건 도형이와 나 둘만의 "비밀"이었기 때문이다.**

엄마는 간호사 데스크서 도형이 병실을 확인해 보고 오겠다고 했다. 간호사 데스크에 갔다 온 엄마는 눈이 약간 붉어져 있었다.

"엄마 왜 그래? 엄마 혹시 울었어?"

"아니, 어제 잠을 못 자서 눈이 아파서 그래."

엄마가 말했다. 엄마는 간호사 쌤한테 물었더니 도형이는 선우 너 말대로 어른 병동에 있다고, 아깐 엄마가 잠도 못 자고 비몽사몽인데다 렌즈도 안 끼고 있어 도형이를 잘 못 본 거라고 말했다. 렌즈를 안 끼면 눈이 너무 나빠 멀리 있는 내 얼굴도 잘 못 알아보는 엄마였다.

'에잇, 그럼 그렇지.'

도형이를 못 본 척하는 엄마한테 화가 났지만, 화가 풀렸다. 엄마가 내게 말했다.

"선우야, 너 혹시 다음에도 도형이 만남 꼭 엄마한테 얘기해줘. 그리고 도형이랑 만난 얘기 다른 사람들한테는 하지 마. 절대. 알았지?"

"왜 도형이 얘기를 다른 사람한테 하면 안 되는데?"

"응. 선우야, 너 도형이 친구 맞지?"

"응. 친구 맞지. 엄마 나 도형이 단짝 된 거 같아. 드디어 단짝을 만든 거지."

신나 하며 도형이가 내 단짝이 되었다는 내 말에 엄마는 말했다.

"선우야, 도형이는 비밀이 많은 친구인데 아마 너랑만 단짝이 되고 싶을 거야. 근데 도형이가 아마 말 안 했을 수도 있는데 도형이가 이 병원에 있는 게 비밀일 거야. **누구나 감추고 싶은 비밀이 있지?"**

"응."

"그 비밀을 앞으로도 선우가 지켜주는 거야. 알겠지?"

"응. 알았어."

오늘따라 왜 이렇게 비밀로 해야 할 게 많은 건지 어휴~ 머리가 아팠다. 난 엄마 말에 알았다고 대답하고 다음엔 도형이를 병실에 불러 파티를 해야겠다고 생각했다. 엄마는 잠시 생각하다 누군가에게 문자를 쳤고 밖에 나갔다 오겠다 했다.

잠시 후 소아청소년과 건우 쌤이 병실로 들어왔다. 다른 쌤들 없이 혼자 들어온 건우 쌤은 내 열을 재고, 눈을 뒤집어 보는 등 몇 개 체크를 해보다 내게 도형이에 관해 물었다. 난 엄마에게 얘기한 것처럼 솔직하게 이야기했고, 엄마는 잠시만 건우 쌤과 이야기하고 오겠다며 밖으로 나갔다.

긴 하루였다. 워치를 보니 오늘도 오천 보를 달성했다. 난 태블릿을 꺼내 고양이 게임에 접속해 매일 미션을 하고 점수를 획득했다. **오늘의 응원 메시지를 타이핑하라는 문구에 난 엄마가 병원에서 내게 자주 했던 말, "내가 지켜줄게"라고 타이핑했다.** 보너스 점수 50점이 올라가면서 고양이가 엉덩이를 씰룩씰룩 춤을 추었다. 도형이가 신날 때 추던 엉성한 똥꼬춤과 비슷해 보였다. 화면엔 "레벨 5까지 앞으로 220점"이라고 적혀 있었다. 크리스마스이브까지

D-2. 힘을 내 달려봐야겠다.

2024년 12월 22일. D-2.

엄마는 어제부터 내 눈치를 심하게 봤다. 자리를 비우고 올 땐 혹시나 엄마 몰래 내가 도형이를 또 만난 건지 자꾸 물어보고, 내가 무엇을 하고 있는지 눈을 떼지 않고 보고 있었다. 여느 날처럼 새벽에 일어나 엑스레이를 찍고 아침 회진이 돌았다. 자수성 교수님과 어벤져스 팀이 들어왔다. 난 얼마 전 결국 염증으로 인해 아예 너스바를 빼는 수술을 했고, 그래서인지 염증은 잦아들었다. 자수성 교수님의 예측이 자꾸 엇나가서인지 브리핑하는 자수성 교수님 목소리는 예전보다 작아졌고, 다른 쌤들 또한 갑자기 장기 입원환자가 되어 버린 내 앞에서 무슨 말을 해야 할지 우물쭈물했다.

소아병동엔 비밀이 없었다. 여러 번 수술하게 된 나를 보며 여기저기 의료과실인 것 같다고 수군거리는 소리, 아이 엄마가 변호사여서 의료 소송을 할 수도 있다는 얘기, 소아과 선생이랑 그 엄마가 그렇고 그런 사이 같다는 얘기 등이 쑥덕쑥덕 내 귀에도 들려왔다. 엄마가 병실에서 노트북으로 일하고 있다 회진을 돌면 자수성 교수와 어벤져스 팀은 엄마 노트북 근처로 와 무엇을 하고 있나 흘끗흘끗 훔쳐보곤 했다.

"며칠만 더 지켜보고 염증 수치 돌아오면 이제 퇴원하죠."

자수성 교수님이 오랜만에 목소리에 힘을 내 말했다. 두 번째 응급 수술 이후로 엄마 눈치를 보게 된 자수성 교수님은 언제부터인가 자신감을 잃고 말끝을 흐리셨다.

"아. 며칠만 더 지켜볼까요."

"음. 안전하게 며칠만 더 피 주머니를 달아볼까요?"

"음…. 어머님은 어떻게 생각하세요?"

"이런 케이스는 한 번도 없었던 경우라…"

엄마와 난 불안해졌다. 소문은 소문을 낳고 진실은 아무도 몰랐다. 여하튼 아무것도 확인된 바 없으니 우린 무한정 수술하고 무한정 기다려야 했다. **그런 우리에게 드디어 해방 신호가 오고 있었다.**

혹시 몰라 엄만 내 성탄절 피아노 연주회를 취소하지 않고 있었다. 심지어 가끔 내게 피아노 악보를 보여주며 잊지 말고 한 두 번씩 보라고 했다. 내 생각엔 크리스마스에도 여기 병원에 있을 것 같은데 엄마는 희망의 끈을 놓지 않았다. 변함없이 바쁜 하루를 보내고 엄마와 병실 밖을 돌아다니는데 옆 병실 정현이 형아 엄마가 은님 쌤과 얘기하는 것을 들었다.

"쌤, 소아청소년과 김건우 쌤 있잖아요. 당연히 결혼하셨죠?"

"…네? 그런 걸 왜 물어보세요?"

"아니 그냥 궁금해서요, 너무 괜찮으신 분 같아서 혹시 짝이 없음 제가 소개해 드리고 싶은 분이 있어서요."

이야기를 들은 은님 쌤이 웃으며 대답했다.

"김건우 선생님 미혼이에요. 저도 얼마 전에 알았어요."

"진짜요? 그럼 그 선생님께 제가 직접 말씀드려 봐야겠는데요."

옆에 눈치를 보니 엄마 또한 그 얘기를 처음 들은 것 같았다. 많이 놀란 듯한 표정이었다. 나도 모르게 피식 웃음이 났다.

엄마에게 도형이 병실에 연락해 내 병실에 초대해 달라고 말했다. 엄마는 도형이가 안 나타나는 게 몸이 안 좋아서인 것 같으니 도형이가 나타날 때까지 연락하지 말고 기다리라 했다. 나도 아플 땐 아무것도 할 수 없다는 걸 알아서 고양이 게임을 하며 도형이를 기다렸다. 한창 게임을 하며 점수를 올리는데 갑자기 엄마가 내게 물었다.

"선우야, 근데 혹시 도형이 어떻게 생겼어?"

"도형이? 눈 크고 까불이같이 생겼는데."

"혹시 도형이 머리에 고양이 귀 머리띠하고 있어?"

"응. 어! 엄마. 어제 도형이 얼굴 못 봤다며 어떻게 알아?"

"...어⋯. 선우야. 그러게. 내가 어떻게 도형이 얼굴을 기억하고 있지?"

"엄마 그날 도형이 제대로 본 거 아니야? 괜히 봤는데 나 놀리려고 장난친 거 맞지?"

엄마는 멍하니 한동안 나를 바라봤다. 그리고 말했다.

"선우야⋯. 생각해보니깐 엄마 밤에 도형이 만난 것 같아."

"뭐라고? 언제⋯?"

내 질문에 엄마는 다시 또 입을 닫고 나를 쳐다봤다.

'그럼 그렇지.'

엄만 역시 거짓말쟁이였다.

2024년 12월 23일 D-1

아침이 밝았다. 간밤에 역시나 도형이가 다녀갔다. 엄마가 자고 있어서 난 엄마를 깨울 수 없었다. 난 도형이에게 이제 100점만 더 얻으면 24일 미션을 완성할 수 있다고 했다. 도형이와 나는 둘이 일어나 음소거 엉덩이춤을 추었다. 게임 속 고양이가 추는 춤과 정말 똑같았다. 춤추는 도형이에게 고양이 이름이 뭐냐고 물었다. 은냥이라고 했다.

도형이와 난 가위바위보 게임을 했다. 이긴 사람이 왕이 되어 신하에게 아무거나 시키기로 했다. 매일 주먹만 내는 나는 가위바위보는 젬병이었다. 연속으로 도형이가 내게 이겼고 이긴 도형이는 내게 자신 대신 종이에 편지를 써 달라고 했다. 자기 엄마에게 보내는 편지. 자기 글씨는 악필이니 글씨 잘 쓰는 네가 대신 글을 쓰면 엄마가 진짜 감동할 거라 이야기했다. 난 도형이가 불러주는 대로 꾹꾹 연필로 도형이 엄마에게 쓰는 편지를 썼다. 내일 하루만 하고 나면 도형이의 소원을 들어주는 거다. 난 "야호"라고 외쳤다. 도형이는 이제 자러 간다고 병실 문을 나섰고 난 다시 잠들었다. 잠결에 엄마가 부스럭거리더니 병실 밖을 나가는 것 같았다.

'잠이 안 들었었나. 그럴 줄 알았으면 엄마를 깨워 도형이와 함께 놀 걸 그랬다.'

아침에 눈을 뜨자마자 난 고양이 게임에 접속했다. 출석 점수와 고양이 밥 주기 놀아주기를 끝내고 나니 저번에 못했던 "내 이름을 불러줘." 미션이 생각났다. 어젯밤 도형이한테 들었던 "은냥이"를 적었다. 고양이가, 아니 은냥이가 폴짝 뛰었다. 50점의 점수가 올라갔다. 고양이 이름을 맞춘 것이다. 마지막 미션 응원의 메시지가 남았다. 뭐라고 쓸까 한참을 고민하는데 엄마가 환자복을 들고 들어왔다. 옷 갈아입고 엑스레이를 찍으러 가자고 했다. 잠시 태블릿을 닫고 엑스레이를 찍으러 내려갔다. 엑스레이를 다 찍고 올라가려는데 난 수술실 2층을 산책하고 올라가겠다고 했다.

2층 수술실 앞에서 우연히도 한 할머니를 만났다. 수술실 복도에 할머니 한 분이 우시며 안절부절못하고 계셨다. 할머니가 들고 계신 흰 봉지 속에 어른 구두와 옷가지가 들어 있는 걸로 봐서 수술 환자의 보호자 같았다. 환자복에 폴대를 끌며 다가오는 엄마와 나를 보더니 할머니가 손을 바들바들 떨며 말을 붙이셨다.

"저기, 나 좀 도와주세요."
할머니는 혼비백산한 모습으로 떨고 있었다.

"저기. 우리 아들이 갑자기 쓰러져서 내가 여기 왔는데. 우리 남편이 저기... 여기…. 병원에 왔대요. 근데 여기를 못 찾겠대. 흑흑"

울면서 겨우겨우 두서없이 말을 잇는 할머니였다. 엄마는 할머니께 어떻게 도와드렸으면 좋겠냐고 여쭤봤다.

"우리 남편이랑 한번 전화 통화해 봐줘요."

할머니는 떨리는 손으로 핸드폰을 건네주셨다. 엄만 할머니가 건네주신 핸드폰으로 할아버지와 통화를 했고 어디 계시냐고 물었다. 할아버지는 지하 1층 현관에 들어오셨고 눈앞에 응급실 표시가 보인다고 하셨다. 귀가 쫑긋해 전화를 듣고 있던 난 전화를 끊자마자 "엄마, 우리 그럼 할아버지 데리러 가자."라고 이야기했다.

"내가 응급실 어딘지 알아요."

난 엘리베이터를 잡으러 서둘러 출발해 버렸다. 할머니는 다리가 후들거려 걸을 수 없다고 하셨다. 떨면서 아들 옷과 구두를 챙기셨고 할머니와 엄마는 서로 손을 잡고, 나는 엘리베이터를 잡고 지하 1층 할아버지를 뵈러 내려갔다. **난 계속 울고 있는 할머니를 바라보며 어떻게 해야 할 줄 몰랐다.**

엘리베이터 앞에서 만난 할아버지는 팔십은 넘어 보이셨다.할머니는 남편을 보시자마자 다시 우셨고 할아버지는 침착하게 우리에게 수술실로 안내해 줄 수 있냐고 물으셨다. 난 기다렸단 듯이 다시 승 달려가 제일 빨리 올라가는 엘리베이터를 잡고 다시 두 분을 수술실 앞으로 모셔다드렸다. 수술실 앞에서도 할머니는 엄마를 붙잡고 수술이 왜 6시간도 넘게 걸린다고 하냐고, 뇌 쪽 수술이면 어찌 되는 거냐고 울면서 하소연하셨고 할아버지가 그만 아이랑 아이 엄마는 놓아주라고 말씀하실 때까지 한참을 내 손을 잡고 황망해 하셨다. 할머니는 연신 내게 같은 말만 반복하고 계셨다.

"고맙다. 아가야, 고맙다."

그리고 할머니는 내 머리를 쓰다듬더니 말씀하셨다.

"아이고, 아가야, 넌 진짜 최고야. 이제 아프지 마."

우린 다시 병동으로 올라왔다. 착한 일을 해서 난 기분이 좋았다. 엄마는 착한 일을 많이 했으니 내일 밤 반드시 산타할아버지가 오셔 내게 선물을 주실 거라고 이야기했다. 엄만 할머니 아들이 아마 육십은 넘을 텐데 그 나이에도 부모는 늘 자식 걱정을 한다고 말했다.

"엄마, 엄마도 할머니 되면 그때도 나 돌봐주고 걱정할 거야?"

"선우야, 선우 네가 육십 살이 되고 내가 호호 할머니가 되어도 난 네 옆에 있을 거야. 걱정하지 마."

갑자기 뭔가 든든해졌다. 엄마가 병원에 오고 나서 계속 내가 힘들 때마다 "엄마가 지켜줄게. 걱정하지 마."란 말을 했다. 수술실에 들어가는 매 순간, 엄마는 내 손을 붙잡고 그렇게 말했다. 엄마가 수술실에 들어오지 않아도 엄마가 지켜준다고 한 말이 진짜 나를 지켜준다고 믿었다. 그래서 난 무섭지 않았다.

"선우야, 넌 최고야. 엄마 아들로 태어나줘서 고마워."

어떠한 상황에서도 날 지켜준다는 엄마는 내게 최고라고 했다. 기분이 너무 좋았다. 난 엄마의 볼에 대고 뽀뽀해줬다. 그러고 보니 병원에 오고 나서 엄마와 24시간 종일을 같이 했다. 이렇게 오랫동안 엄마와 함께한 순간이 있었을까. 난 바빴던 엄마 대신 24시간 내내 날 쳐다보고 있는 지금의 엄마가 더 좋았다. 병원 생활이 나쁘지만은 않았다.

태블릿을 들어 마지막 응원 메시지를 적었다.
"넌 최고의 친구야."
마지막 메시지를 적는 순간 은냥이의 모습이 변했다. 어린 고양이의 모습을 하던 은냥이의 모습이 어른 고양이로 바뀌어 있었다. 어른 고양이인 은냥이가 말했다.
"친구가 되어줘서 고마워."
나도 은냥이의 친구가 될 수 있어서 좋았다. 드디어 레벨 5 달성. 은냥이는 어른 고양이가 되었다. 은냥이의 다음 메시지.
"고마워, 친구야. 그동안 사랑해줘서 고마워. 널 응원할게."
'잉? 은냥이가 왜 저렇게 말하고 있지? 무슨 작별 인사 같잖아.'
"작별 인사처럼"이 아니라 진짜 작별 인사가 맞았다. 은냥이는 허리를 쭉 펴고 멋진 고양이처럼 한발 한발 바깥세상을 향해 내디뎠다. 그리고 내게 씩 웃고 뒤돌아 사라졌다. 내게 친구가 되어준 은냥이가 떠나갔다.

저녁이 되어 엄마에게 병원 밖에 나가보고 싶다고 했다. 밖에 날씨가 춥다며 엄마가 내게 두꺼운 옷을 걸치고 가야 한다고 했다. 두꺼운 패딩을 입은 후 병원 밖을 나섰다. 지하 1층 밖에 나오니 차들의 불빛과 아파트가 보였다. 엄마는 고개를 들어 달을 찾아보자고 했다. 아무리 눈을 크게 뜨고 보아도 달이 보이지 않았다. 나는 엄마에게 보여줄 게 있다고 이야기했다.

발걸음이 바빠졌다. 크록스를 신은 내 발이 나도 모르게 도형이처럼 전진 앞으로 가고 있었다. 병원 후문 쪽 주차장을 지나가는데 엄마가 말했다.

"선우야, 천천히 가. 여기 깜깜하고 아무것도 없는데 어디 가려고 해?!"

나는 엄마에게 도형이가 보여준 프론티어즈 로드를 보여주고 싶었다. 엄마의 부름에도 계속 전진하던 내가 후문 앞에 도달했다. 엄마는 내 옆에 도착해서 가쁜 숨을 쉬었다.

"선우야, 너 어쩜 이렇게 빨리 걸어? 너 이제 다 나았구나."

빨리 걸었다고 혼낼 것 같았던 엄마가 오히려 날 칭찬해줬다. 난 엄마에게 병원 밖 놀라운 세상을 보여주고 싶었다. 꼭꼭 숨겨놨던 도형이와 나와 비밀의 곳. 가슴이 두근두근했다.

"엄마, 여기만 나가면 내가 보여주고 싶은 게 있어. 자, 눈을 감아도 돼."

"그게 뭔데? 여기 완전 껌껌해 선우야, 우리 그만 돌아가자."

엄마의 제지에도 난 폴대를 들고 후문 턱을 넘으려 했다. 그 순간 들리는 소리.

"여기 환자분이 바깥으로 나가시면 안 됩니다."

무서운 경비 아저씨의 목소리였다.

"아, 그래요? 죄송합니다. 선우야. 여기 환자들은 밖으로 나가면 안 되나 봐. 우리 돌아가야 해."

나는 무슨 말이냐며 저번에 내가 도형이랑 왔을 때는 여기 막는 사람도 없었다며 나가겠다고 했다. 몇 걸음만 걸으면 놀라운 세계가 펼쳐지는데 엄마와 나는 아저씨의 저지에 다시 발걸음을 돌려 병실로 돌아올 수밖에 없었다. **몇 걸음만 떼면 펼쳐지는 동화 같은 세상을 보지 못했다.**

밤이 되었다. 아무리 기다려도 매일 같이 날 찾아오던 도형이가 오지 않았다. 도형이에게 드디어 너와의 약속을 지켰다고 말하고 싶었는데 웬일로 도형이가 얼굴을 안 보이지? 혹시 다시 아파지기 시작한 걸까? 난 걱정이 되기 시작했다. 도형이를 기다리고 기다리다 결국 난 잠이 들고 말았다. 그런데 새벽꿈에도 도형이는 나타나지 않았다. 새벽에 잠이 깬 내가 옆에 누워 있는 엄마에게 말했다.

"엄마, 나 오늘 종일 도형이를 못 만났어. 어쩌지?"

"...선우야, 도형이가 사정이 있겠지. 너무 걱정하지 말고 다시 자."

난 도형이를 못 보는 게 걱정돼 잠이 오지 않았는데 엄마는 오히려 그런 나를 보며 안도하는 것 같았다. 나의 착각이었을까. 이런저런 생각을 자며 다시 잠이 들었다.

2024년 12월 24일 D-DAY

아침이 되었다. 새벽부터 채혈과 엑스레이로 평소보다 더 바쁜 하루를 시작했다. 채혈을 많이 하다 보니 이제 채혈할 때 숨도 안 쉬고 미동도 없이 할 수 있다. 숨을 참아야 혈관이 안 도망가기 때문이다. 병원 로비는 아침부터 무대 세팅으로 바빴다. 피아노가 있는 1층 로비 센터 주변으로 각종 트리 장식과 마이크, 스피커 등 무대가 설치되기 시작했다. 이른 시간인데도 무대 세팅으로 사람들이 분주하게 움직였다. 코드블루가 울려 퍼지던 병원 로비에 이른 아침부터 캐럴이 흘러나왔다. 플래카드가 걸렸다.

"12월 24일 저녁 5시 크리스마스이브 행사 장소: 1층 로비."

'뭔가 재밌는 일이 펼쳐지겠군.'

병원은 벌써 크리스마스였다.

오늘도 변함없이 자수성 교수님과 어벤져스 팀이 들어왔다. 평소보다 훨씬 가벼운 발걸음으로 어벤져스 팀이 등장했다. 왜 저렇게 다들 즐거워 보이지? 자수성 교수님이 말했다.

"선우 염증 수치랑 엑스레이 보니까 정상 범위로 돌아왔어요. 이제 내일 퇴원하죠."

'퇴원이라니. 이제 진짜 병원을 떠나는 건가.'

"이제 다시는 재발 안 하겠죠?"

엄마가 간절한 표정으로 교수님께 물었다.

"네. 뭐 완전히 장담할 수는 없지만 그래도 원인이 되는 너스바는 제거했으니까 앞으로 이 정도로 안 좋아질 일은 없을 거예요. 대신 너스바를 뺐으니 재활을 열심히 해봐야죠."

교수님이 말했다.

"선우 내일 크리스마스 저녁은 집에서 보낼 수 있겠네."

권태산 쌤은 내 머리를 쓰다듬으며 말했고 어벤져스는 오랜만에 경쾌한 발걸음으로 병실을 나섰다. 어벤져스 팀이 나가자마자 엄마는 나를 끌어안고 말했다.

"선우야, 그동안 진짜 고생했어. 우리 정말 크리스마스는 집에서 보낼 수 있겠네. 정말 다행이다."

엄마 말대로 그동안 매일 크리스마스를 집에서 보낼 수 있기만을 기도했었다. 그런데 막상 내일 병원을 떠난다니 마냥 즐겁고 행복하지만은 않았다. 병원을 떠난다는 건 도형이와 이별한다는 것을 의미하기 때문이었다. **처음 생긴 나의 단짝 도형이를 두고 떠나는 게 싫었다.**

"엄마, 나 실은 도형이가 부탁한 게 있었어. 그 약속은 꼭 지켜야 하는데."

"그게 뭔데?"

"도형이가 나한테 편지를 부탁했어. 자기는 글씨 잘 못 쓴다고 나보고 대신 써달라고. 그거 전해줘야 하는데. 엄마가 도형이 병실에 전화해줘 봐."

엄마는 내게 도형이가 부탁한 편지를 달라고 했다. 엄마에게 난 편지를 전해줬고 엄마는 편지를 읽어봤다. 편지를 읽은 엄마 눈시울이 붉어지는 것 같았다.

"선우야, 잠깐만. 내가 연락할 사람이 생각났어."

엄마는 잠깐만 병실에 있으라 하더니 핸드폰을 들고 밖으로 나갔다. 난 다시 태블릿을 들어 고양이 게임을 켰다.

"로그인하시겠습니까?"

난 도형이의 아이디와 비번을 다시 눌러 로그인했다. 화면 안에 은냥이는 정말 사라지고 없었다. **눈이 쌓인 숲속과 은냥이의 발자국만 있었다. 마음이 쓸쓸해졌다.**

"선우야, 도형이가 아무래도 퇴원한 거 같아."

"뭐라고? 진짜? 엄마 진짜 도형이 병동에 연락한 거 맞아?"

"응. 엄마가 진짜 도형이가 있는 어른 병동을 알아봐서 연락했거든. 근데 도형이가 퇴원했대."

난 엄마의 말을 믿을 수 없었다. 내 친구 도형이는 나한테 말없이 퇴원하지 않았을 거다. 이번에는 엄마한테 속지 말아야지. 난 갑자기 자리에서 벌떡 일어나 병실 밖을 나섰다. 내가 직접 도형이를 찾으러 가야겠다고 생각했다.

"선우야, 어디 가는데...! 나가지 마."

엄마는 폴대를 끌고 빠르게 전진하는 나를 말렸지만 나는 막무가
내로 간호사 데스크까지 전진했다. 엄마는 내 팔을 부여잡고 병실
로 끌고 가려 했다. 데스크엔 수 쌤과 송금목 쌤이 있었다. 난 큰 소
리로 물었다.

"저기요, 선생님, 도형이 무슨 병동에 있어요?"
수 쌤과 송금목 쌤은 무슨 말인가 싶어 내게 되물었다.
"도형이? 도형이가 누군데?"
"있잖아요. 도형이, 여기 병동에 오래 입원한 은도형, 저랑 나이
같고 눈 크고 머리에 고양이 머리띠하고 다니는 애. 도형이 어디 병
동에 입원했냐고요. 아니 진짜 도형이 퇴원한 거 맞아요?"
속사포같이 말하는 내 말에 수 쌤과 송금목 쌤은 굳어버렸다. 아
니, 정확하게 말하자면 내 입에서 은도형이란 이름이 나오는 순간
두 쌤은 정말 얼굴빛이 하얘졌다. 쌤들은 질문하는 나보다 엄마를
쳐다보고 있었다.
**"도형이 진짜 몰라요? 여기 도형이 엄마가, 도경이라고 저기 산부
인과에서 아기도 낳고 여기에 있었잖아요. 도경이 오빠 도형이요."**
수 쌤과 송금목 쌤은 이 상황이 무슨 상황인지 이해가 안 되는 듯
엄마만을 간절하게 바라보고 있었다. 엄마가 무릎을 구부리고 내게
눈높이를 맞추며 말했다.

"선우야, 여기 쌤들은 도형이 잘 모르시나 봐. 여기 진짜 많은 환

자가 오잖아. 그 사람들을 어떻게 다 기억해? 그리고 도형이가 다른 병동에 입원했다며? 그래서 더 모르시지."

"아니야, 엄마. 도형이가 분명 그랬어. 자기 1년도 넘게 여기 소아병동에 입원했다고. 1년도 넘게 있었는데 그걸 어떻게 잊어? 맞죠, 선생님. 선생님들 그때도 있었잖아요. 도형이한테 얘기 들었단 말이에요. 쌤들 그때도 있었다고!!"

수 쌤과 송금목 쌤은 당황한 듯 아무 말도 못 했다. 잠시 후 수 쌤이 말문을 열었다.

"선우야, 쌤들은 도형이 잘 기억이 안 나는데 어쩌지? 그리고 도형이 다른 병동 입원했어도 개인 정보 때문에 알려줄 수 없어."

"아, 진짜!! 1년이나 같이 있었는데 어떻게 잊어? 쌤들 진짜 거짓말쟁이야!"

도형이를 전혀 기억 못 한다는 수 쌤 말에 울컥한 내가 소리치며 말했다. 갑자기 도형이를 기억 못 한다는 말에 내가 더 서글퍼 눈물이 터져버렸다. 내가 1년을 넘게 병동에 있어도 저 선생님들은 나를 기억하지 못할까. 수많은 아이 환자들과 만나고 헤어진다고 그렇게 오래 있었던 아이를 잊었다는 수 쌤이 너무 미웠다. 너무 슬퍼서 갑자기 엉엉 눈물이 터져 버렸다.

"어떻게 도형이를 잊어요. 도형이가 자길 잊는 게 제일 무섭다고 말했는데. 어떻게 쌤은 그렇게 말해요. 잊혀지는 게 제일 무섭다는

도형이한테⋯!! 어떻게 그렇게 말해요!!!"

아픈 수술에도 한 번도 울지 않고 참았던 나였다. 도형이를 잊었다는 말이 나는 견딜 수 없게 슬펐다. 나는 주저앉아 버렸다. 더욱크게 엉엉 눈물이 났다. 무슨 감정인지는 잘 모르겠다. 그냥 사람들이 날 기억할 수 없다면 정말로 슬프겠지. 엄마가 찾아오지 않았던도형이가 만약 이런 감정을 느꼈던 거라면 정말 마음 아팠겠다. 불쌍한 도형이 생각에 눈물이 멈추지 않았다. 옆에 가만히 나무처럼서 있던 송금목 쌤의 두꺼운 팔과 손이 미세하게 떨리고 있었다.

내가 우는 동안에 엄마는 잠시 넋이 나간 듯했다. 내 울음소리가더 커지고 병동 사람들이 병동 밖으로 하나둘씩 나오자 엄마는 그제야 정신을 차린 듯 나를 일으켜 세워 병실 안으로 억지로 데리고갔다. 병실 안에서도 난 한동안 울음을 멈추지 않았다. 병실 안에들어오니 엄마는 울고 있는 나를 말없이 안아주었다. 얼마의 시간이 흘렀을까. 겨우 진정해 침대에 걸터앉아있는 내게 엄마가 물을가져다주었다. 한 모금의 물을 마시고 내가 말했다.

"엄마, 만약에 내가 하늘나라에 엄마보다 먼저 가면 엄마 나 잊을 거야?"

단 한 번도 내 앞에서 눈물을 보이지 않았던 엄마. 엄마의 눈이갑작스러운 나의 질문에 일렁이기 시작했다. 엄마는 심호흡하듯 한마디 한마디 힘주어 말했다.

"선우야…. 너를. 어떻게 내가 너를... 잊어."

엄마의 눈에 파도가 다시 일렁이고 있었다.

"선우야, 네가 엄마보다 하늘나라에 먼저 갈 일은 절대 없어. 하느님은 우리 착한 선우를 너무 예뻐하셔서 정말 오래오래 할아버지가 될 때까지 건강하게 살게 하실 거야. 눈, 코, 입, 손, 발 이렇게 예쁜 우리 아들 선우인데 엄마가 이걸 어떻게 잊어. 엄마는 단 하나, 단 한 순간도 너에 관한 건 절대 안 잊어..."

엄마는 내 눈, 코, 입, 손, 발을 하나하나 만지며 이야기했다. 난 말없이 엄마를 안았다. 그리고 엄마한테 말했다.

"엄마, 고마워요. 그리고 사랑해요."

"선우야, 그리고 앞으로 절대 그런 슬픈 말은 하지 마. 그런 말 들으면 엄마 가슴이 여기가 너무 아파. 알았지?"

"알았어요."

난 엄마와 새끼손가락을 걸고 약속했다.

"엄마. 나 엄마가 꼬부랑 할머니 되면 그땐 내가 휠체어 밀어줄 거야. 병원에 입원하면 엄마가 나한테 한 것처럼 내가 보호자 돼 줄게."

"와. 진짜? 엄마 너무 행복하겠다. 근데 선우야, 엄마 꼬부랑 할머니 되면 네가 병원에서 엄마 휠체어 안 밀어줘도 돼."

"왜, 나는 밀어주고 싶은데 그럼 누가 밀어줘?"

"글쎄다. 그땐 엄마가 남친 만들어서 남친이 내 휠체어 밀게 해야지?"

"그럼 남친 꼬부랑 할아버지가 엄마 휠체어 밀어주는 거야?"

"그럼."

난 생각만 해도 그게 웃긴다고 했다. 어떻게 꼬부랑 할아버지가 꼬부랑 할머니의 휠체어를 밀 수 있는지 아무리 생각해도 불가능하다고 말했다. 내가 병원에서 본 꼬부랑 할아버지들은 대부분 자기가 휠체어를 타고 있거나 움직이지 못해 침대에 누워 계셨기 때문이다. 엄마와 이런저런 실랑이를 하다 보니 어느새 다시 난 킥킥대고 있었다.

배꼽시계가 울렸다. 꼬르륵거리는 걸 보니 밥 먹을 시간이 한참 지났나 보다. 점심이 되어 할머니, 할아버지가 오셨다. 크리스마스 이브 기념으로 병실에 놔둘 작은 트리와 양말을 사 오셨다. 난 할머니, 할아버지에게 내일 드디어 퇴원한다고 말하니 두 분 다 정말 기뻐하시며 고생했다고 나를 안아주셨다. 할머니, 할아버지와 점심을 먹고 산책하고 병실에서 지내다 보니 안내 방송이 나왔다.

"오늘 오후 5시 크리스마스 행사가 본관 1층 로비에서 있을 예정이니 모두 많은 참석 바랍니다."

몇 번을 반복해 방송하던지 정말 꼭 가야만 할 것 같았다. 엄마는 빨리 내려가야 앞에서 행사를 볼 수 있다며 나를 재촉했다. 혹시나 산타 할아버지가 오셨을 수도 있어서 나는 마음이 급해졌다. 서둘러 엄마 손을 잡고 1층 로비로 내려갔다. 이 병원 모든 환자와 보호자가 다 온 듯 넓은 1층 로비가 꽉 차 있었다. 중앙에 대형 크리스마스트리를 배경으로 대형 스크린과 피아노, 마이크, 음향시설 등이 설치되어 있었다.

"여러분 오늘 여기 어린이가 몇 명 있죠? 한번 손들어 볼까요?"

머리에 루돌프 머리띠를 한 사회자가 마이크를 잡고 말했다. 난 힘차게 손들었고, 다른 어린이 환자들과 구경 온 어린이들 합쳐 40명 넘는 어린이들이 "저요. 저요" 큰 소리로 외치며 손을 들었다.

"여러분, 큰 소리로 대답하면 산타할아버지가 선물을 주실 거예요. 여러분!! 크리스마스가 언제죠?"

"내일이요!!!"

"12월 25일이요."

각양각색의 우렁찬 아이들의 목소리가 로비에 울려 퍼졌고 사회자가 뒤이어 말했다.

"그럼 여러분들이 제일 기다리는 사람은 누구?"

"산타클로스요."

약속이라도 한 듯 어린이들과 어른들이 입을 맞춰 산타클로스를 외치자 정말로 흰 수염에 빨간 산타클로스 옷을 입고 산타 할아버지가 무대에 등장했다.

신나는 캐럴이 울려 퍼졌다.

"허허허, 여러분 내가 착한 일을 많이 한 여러분에게 이제부터 선물을 나눠줄 거예요."

산타할아버지는 선물 보따리에서 선물을 꺼내 한 명씩 나눠주기 시작했다. 아이들의 함성이 메아리치고 있었다.

'오예⋯. 이게 바로 천국이구나.'

나는 신이나 산타 할아버지 눈에 잘 띄게 "저요. 저요"를 외쳤고 산타 할아버지는 앞에 앉은 내게 첫 번째 선물을 건넸다. 내 앞에서 선물을 건네는 핀란드에서 온 산타 할아버지의 눈은 이상하게 낯이 익었고, 난 산타클로스가 김건우 쌤이랑 많이 닮았다고 생각했다. 여하튼 산타할아버지는 내게 윙크하며 티가 나게 제일 큰 선물을 맨 먼저 내게 주었고, 심지어 엄마에게도 "허허허" 웃으며 윙크했다. 엄마는 갑자기 '풋' 웃음을 터트렸다.

"엄마, 저 산타 할아버지 김건우 쌤이랑 많이 닮지 않았어?"

"그래? 아닌데. 어떻게 핀란드에서 온 산타클로스가 건우 쌤을 닮아⋯. 아닌 것 같은데."

"난 닮은 거 같은데."

"저기 흰 수염이랑 다 하나도 건우 쌤 안 닮았잖아. 김건우 쌤 수염 없잖아."

"맞지...쌤은 수염이 없지. 근데 이상하네. 목소리도 닮은 거 같은데."

"아니야, 선우야. 너 참 보는 눈도 없다."

엄마랑 나랑 계속 실랑이하는 동안에도 핀란드 산타할아버지는 아이들에게 선물을 나눠주다 계속 나를 보며 윙크를 날렸다. 산타 할아버지가 선물을 다 나눠주고 퇴장했다. 사회자가 마이크를 다시 잡고 말했다.

"오늘 아름다운 성탄절 이브를 만들기 위해 정말 모시기 어려운 분을 모셨는데요, 여러분 큰 박수로 맞아주시기를 바랍니다. 피아니스트 박성준 님입니다."

'피아니스트 박성준이라니 오. 대박.'

쇼팽 콩쿠르 우승자 월클 피아니스트 박성준이 이 병원에 온 거다. 나는 자리에서 일어나 "허~레이"를 외치며 물개박수를 쳤다. 엄청난 환호의 박수 소리와 함께 박성준 피아니스트가 나왔다. 잠시 후 시작된 쇼팽의 야상곡 13번 C단조. 숨소리 하나 들리지 않는 적막 속에서 피아노 선율이 흘러나왔다. 로비를 밝게 밝히던 조명이 어두워지고 피아노에 핀 조명과 크리스마스트리의 알전구만이 형형색색 빛나고 있었다. **말 그대로 이곳은 병원이 아니라 천국이었다.**

환상적인 피아노 연주가 끝났다. 박성준 피아니스트는 열화와 같은 앙코르 소리에 응답해 경쾌한 캐럴을 연주하고 병원을 떠났다. 반전 선곡 캐럴을 들은 객석은 함께 떼창을 하며 크리스마스 분위기를 만끽했다. 피아노 연주에 흠뻑 빠져있었던 나와는 달리 엄마는 자꾸 집중하지 못하고 핸드폰 카톡만 해대며 누군가와 메시지를 주고받고 있었다. 주변을 계속 두리번거리면서 말이다.

사회자는 갑툭튀 이 분위기를 몰아 즉석 피아노 연주회를 열겠다고 했다. 못 쳐도 상관없으니 참가한 사람에겐 큰 선물이 있다고 사람들을 꼬시기 시작했다. 7살이라는 여자아이가 아빠에게 등 떠밀려 피아노 앞에 나왔다. 쭈뼛쭈뼛하던 꼬마가 피아노 앞에 앉아 아빠와 젓가락 행진곡을 치기 시작했다. AI 로봇처럼 긴장해 치는 모습이 너무 귀여웠다. 연주를 하는 것을 보고 있던 엄마가 내 팔을 자꾸 툭툭 치며 말했다.

"선우야, 나가. 나가서 실력 한 번 보여줘. 어차피 내일 너 연주회 할 거잖아. 오늘 미리 한 번 쳐봐."

"싫어. 여기서 어떻게 쳐. 그리고 나 피아노 오래 안 쳐서 못 칠 것 같아."

입원과 수술을 하며 피아노를 쉬었더니 진짜 악보가 하나도 생각나지 않았다. 정말 생각이 안 나 못 치겠다고 계속 얘기했건만 엄마는 이제는 옆구리를 찔러대며 나가보라 했다. 어느덧 두 번째 꼬마가 나와 한껏 멋있는 포즈를 잡더니 "학교 종이 땡땡땡"을 한 손가락으로 치기 시작했다. 속으로 저것보단 내가 낫겠다고 생각했다. 두 번째 꼬마의 공연이 끝나고 사회자가 다음 사람을 신청받는다 했다.

그때였다. 피아노 앞으로 누군가가 걸어왔다. 조명을 받아 순간 못 알아볼 뻔했다. 그런데 못 알아볼 리가 없었다. 익숙한 체형의 아이가 잇몸을 드러내며 못난이 웃음을 짓고 있었다. 도형이었다. 심지어 머리부터 발끝까지 나비넥타이에 연주회용 슈트를 입고 서서 날 보고 나오라고 손짓하고 있었다. 도형이가 거기서 갑자기 나올 줄은 꿈에도 몰랐다. 도형이는 움직이지 않는 내게 다시 엄지척을 해 보였다. 갑자기 없던 용기가 불쑥 나왔다. 난 엄마에게 말했다.

"엄마, 쟤가 도형이야. 도형이가 나보고 나오라잖아. 나가야겠네."
엄마는 내가 보는 시선을 따라서 무대 위를 바라보았다. 놀란 듯했다. 그러나 잠깐의 정적 후 말했다.
"선우야, 도형이가 응원해 주니 선우 피아노 잘 칠 수 있겠다. 잘 치고 나와. 와!! 도형이 진짜 잘생겼네."
엄마가 내 손을 꼭 잡아 주었다. 난 한 걸음 한 걸음 무대 위로 올라갔다.

피아노 의자에 앉자 도형이가 내 옆에 앉았다. "학교 가는 길"을 치려는데 첫 음이 기억이 안 났다. 당황해 도형이를 쳐다보는데 도형이가 웃으며 첫 음에 자기 손을 가져갔다. 마법처럼 악보가 내 머릿속에 흐르기 시작했다. 난 오른쪽 옥타브에서 도형이는 왼쪽 옥타브에서 그렇게 서로 화음을 맞춰가며 "학교 가는 길"을 연주했다.
"띵띵띠리리리리 따라라 따라라 따라 랄랄라."
우리는 병실에서 입으로 맞췄던 화음을 정확히 피아노로 옮기고 있었다. 도형이와 함께 연주하니 틀릴 걱정이 없었다. 우리는 서로 얼굴을 보며 연주했고 연주하는 내내 행복했다.
'도형아, 내 친구가 되어줘서 고마워.'

'선우야, 내 소원을 들어줘서 고마워.'

말하지 않아도 알 것 같은 도형이의 마음이었다. 마지막 소절, 신나게 연주하던 도형이가 고개를 들어 누군가와 눈을 마주쳤다. 마지막 음을 치며 난 도형이가 바라보는 곳을 함께 바라보았다. 아기를 안고 서 있는 한 아주머니였다. 급하게 왔는지 옷매무새가 흐트러진 채 아기 띠를 하고 서 있는 한 아주머니가 내 연주를 들으며 눈물 흘리고 있었다. 연주가 멈췄는데도 도형이는 자리에서 일어나지 않고 아주머니를 보고 있었다. 처음으로 도형이는 잇몸을 드러낸 못난이 미소가 아닌, 정말 행복에 겨운 환한 미소를 짓고 있었다. 난 자리에서 일어나 엄마가 있는 내 자리로 돌아갔다. 난 그 아주머니가 누구인지 듣지 않아도 알 수 있었다. 도형이가 그토록 보고 싶어 했었던 도형이 엄마였다.

도형이 엄마는 한동안 그 자리에 우리를 바라보고 있었다.

"엄마, 저 사람, 도형이 엄마 같아."

"어. 맞아. 도형이 엄마야."

엄마가 말했다.

'엥? 엄마가 도형이 엄마를 어떻게 알았지?'

난 엄마에게 저 사람이 도형이 엄마인 걸 어떻게 알았냐니깐 엄마는 병원에 물어 도형이 엄마에게 직접 연락했다고 말했다. 엄마는 내게 병실에 가서 도형이가 전해주라던 편지를 가져오라 하고 도형이 엄마에게 다가갔다. 병실에 올라가 도형이 편지를 들고 내

려오니 어느새 연주회가 끝났다. 캐럴이 흐르는 가운데 사람들이
빠져나가고 있었다.

피아노 무대로 돌아오니 도형이는 다시 사라지고 없었다,

'화장실에 갔나? 또 어디 갔지?'

엄마는 도형이 엄마에게 무언가를 계속 이야기하는 듯했고 도형
이 엄마는 멍하니 엄마 이야기만을 듣고 있었다. 난 편지를 들고 도
형이 엄마에게 갔다. 도형이 엄마가 나를 보더니 "네가 선우니?"하
고 물었다.

"네. 이거 도형이가 자기 글씨 못쓴다고 대신 써 달라고 한 건데
요. 근데 도형이 어디 갔어요? 엄마 엄청나게 기다렸는데."

"...도형이가 나를. 엄청나게 기다렸다고?"

"네. 매일매일 얼마나 기다렸는데요. 엄마가 도경이 때문에 병원
에 못 온다고 자길 잊은 것 같다고 매일매일 기다렸어요."

갑자기 도형이 엄마의 눈에 눈물이 차올랐다. 도형이 엄마는 떨
리는 손으로 편지를 펴보았다.

**"엄마, 사랑해요. 보고 싶어요. 그리고 고마워요. 나를 낳아줘
서…. 나 절대 잊지 마세요."**

편지엔 도형이 부탁대로 엄마에게 전하는 메시지가 적혀 있었다.
절대 잊지 말란 말이 슬픈 건지 어떤 말이 제일 슬펐던 건지 편지를
읽은 도형이 엄마는 갑자기 흐느끼며 울기 시작했다. 어른이 저렇

게 울 때는 어떻게 해야 하지? 그리고 도형이는 이럴 때 엄마 옆에 안 있고 어디 간 거지? 어쩔 줄 모르겠는데 엄마는 가만히, 울고 있는 도형이 엄마를 안아주었다. 한참을 울고 난 도형이 엄마가 내게 물었다.

"선우야, 네가 혹시 고양이 게임 계속한 거니?"

"네. 도형이가 고양이 게임 레벨 끝까지 올라가야 엄마가 자기를 찾아올 거라고 했거든요."

"..선우야, 아줌마가 도형이 얘기가 너무 듣고 싶은데 도형이 얘기 아줌마한테 처음부터 다 얘기해 줄 수 있어?"

도형이는 어디 가고 아줌마는 내게 도형이 얘기를 하라고 했는지 이상했지만 어쨌든 난 도형이를 처음 만난 순간부터 모든 이야기를 하기 시작했다. 심지어 아까 피아노를 치던 순간 도형이가 엄마를 보고 지었던 미소에 관한 이야기까지. 난 도형이 엄마에게 도형이는 종종 병동 끝 창문에 앉아 자기 집을 바라보며 엄마가 오기를 기다렸다고도 말했다.

눈물이 차오른 도형이 엄마가 병동에 같이 가볼 수 있냐고 물었다. 난 엄마를 쳐다봤고 엄마는 고개를 끄덕이며 내 손을 잡아줬다. 도형이 엄마와 엄마, 나는 병동 앞에 들어섰다. 도형이 엄마는 뭔가 큰 결심을 한 듯 두 눈을 질끈 감았다 뜨며 병동 안으로 들어왔다. 문이 열리는 순간 간호사 데스크의 미어캣 쌤들이 벼락 맞은 듯한 표정으로 도형이 엄마를 바라보았다. 자신도 모르게 서 있던 수 쌤과 송금목 쌤에게 도형이 엄마는 인사를 건네셨다.

"오랜만이에요, 쌤. 저 기억하시죠, 도형이 엄마."

말끝을 흐리는 도형이 엄마 말에 수 쌤과 송금목 쌤은 냉동 인간이 된 듯 얼어버렸다. 이내 정신을 차린 수 쌤과 송금목 쌤이 말했다.

"아이고, 도형이 엄마, 저희가 도형이 엄마를 어떻게 잊어요…. 에고. 아기가 많이 컸네요.'

거짓말쟁이들. 아까는 도형이를 전혀 모른다더니 도형이 엄마를 안다고? 난 당장이라도 따지고 싶었지만, 엄마가 내 입에 지퍼를 잠그는 시늉을 하는 바람에 가만히 있었다.

도형이 엄마는 고개를 들어 오른쪽 소아 병동을 바라봤다. 그리곤 서서히 걷기 시작했다. 잠시 후 마지막 병실 앞에 멈춰 선 도형이 엄마는 마치 다리가 바닥에 붙은 것처럼 더 이상 걷지 못했다. 잠이 든 도경이가 아기 띠에 매달려 꿈틀거렸다. 엄마가 얼른 달려가 도형이 엄마를 부축해줬고 도형이 엄마는 엄마의 손을 잡고 천천히 발걸음을 옮겼다. 병동 복도 끝에 도착했다. 도형이 집 109동이 훤히 보이는 창가, 도형이가 항상 앉아 있던 창문에 기대어 도형이가 보던 집을 바라보았다. "두려워 말라. 내가 너와 함께할 것이다." 도형이를 처음 만난 순간처럼 창가에 새빨간 저녁노을이 지고 있었다. 도형이 엄마는 마치 도형이의 흔적을 느끼려는 듯 창문의 글자 하나하나를 소중히 만졌다. 그리고 내게 말했다.

"선우야, 정말 고마워. 우리 도형이의 친구가 되어줘서 정말 고마워."

도형이 엄마는 나를 안고 한참을 그렇게 울었다. 저녁노을이 지면서 형형색색의 불빛들이 켜지기 시작했다. 내 맘도 붉게 물들고 있었다. 잊을 수 없는 크리스마스의 선물과도 같은 순간이었다.

학교 가는 길

학교 가는 길

크리스마스이브의 밤이 지나갔다. 아침에 일어나 보니 침대맡 양말엔 메시 축구 유니폼이 들어 있었다.

"아싸라비아 콜롬비아! 산타 할아버지가 또 오셨네!"

난 산타할아버지가 핀란드에 가기 전, 내가 너무 착한 어린이라 어제에 이어 선물을 두 개나 주고 간 걸 거라며 신나서 춤을 추었다.

어제 도형이 엄마는 내게 약속했다. 병원에 있는 도형이가 외롭지 않게 병원에 자주 오겠다고, 그리고 덧붙여 말하길 자신은 단 한 순간도 도형이를 잊거나 한 적이 없다고 했다. 내가 열심히 고양이 게임을 한 덕분에 아줌마가 여기에 올 수 있었다며 정말 고맙다고 말했다. 또 자기한테는 도형이가 말을 잘 안 하니 도형이가 자기에

대해 얘기를 할 때마다 전화해 알려달라며 내게 핸드폰 선물도 해
주겠다고 했다.

퇴원 시간이 되었다. 짐을 챙기고 사복으로 갈아입고 퇴원할 준
비를 했다. 엄마는 퇴원하기 전 마지막으로 1층 병원 밖 벤치에 앉
아 아이스크림을 먹자고 했다. 햇볕이 너무 따뜻했다. 겨울이 아닌
봄이 온 것 같았다. 신나게 아이스크림을 먹으니 엄마가 핸드폰을
들어 사진을 찍었다. 엄마는 병원 바깥에서 일상복을 입고, 햇살을
맞으며 아이스크림을 먹는 것. 아주 소소한 일상이 이렇게 감사한
건지 몰랐다고 했다. 내가 아픈 순간 매 순간 간절했고, 병원을 나
온 일상이 매 순간 감사하다 말했다.

엄마는 간호사 쌤들에게 잘 돌봐주셔서 감사하다 말했다. 나가
면 이번엔 절대 돌아오지 않겠다고 웃으며 케이크를 돌렸다. 더 이
상 잡을 혈관이 없어 다 터진 혈관 속에서 그나마 하나를 찾기 위해
고군분투하며 함께 고생해준 수 쌤부터 모든 간호사 쌤들이 모두
나를 안아주며 잘 가라고 했고 우리는 거창한 이별식을 하며 헤어
졌다. 병동 문이 열리고 다시 일상으로 나서는 내 발걸음은 가벼웠
다. 닫히는 문 사이로 맙소사, 도형이의 얼굴이 보이는 듯했다. 역
시나 도형이는 병동 끝 창문에 앉아 까불이 같은 표정으로 병동을
구경하고 있었다. 도형이와 눈이 마주친 순간, 도형이는 나를 보고
또다시 못난이 미소를 지으며 엄지척을 해 보였다. 난 무음모드 입

으로 도형이에게 말했다.

"도형아, 넌 최고의 친구야."

내 말을 알아들었는지 도형이는 개다리춤을 추고 있었다. 난 크게 외치며 병동을 나섰다.

"소아 병동아, 안녕~~.!!"

집으로 돌아온 나는 드디어 피아노 연주회 무대에 섰다. 엄마는 미리 준비해둔 정장을 내게 입혔고, 정장을 입고 보니 어제 도형이 모습처럼 멋있어 보였다. 드디어 크록스를 벗고 멋진 정장 구두를 신었다. 30명의 참가자와 객석을 가득 채운 부모들. 이미 어제 더 많은 사람 앞에서 공연했기에 전혀 떨림이 없었던 나는 무대에 올라갔다.

무대에 올라가 객석을 바라보니 이런 대박, 눈앞에 정현이가 있었다. 엄마가 나를 위해 우리 반 정현이를 초대해줬나 보다. 정현이가 날 보고 웃었다. 정현이 옆에 엄마와 할머니, 할아버지, 그리고 엥? 소아과 건우 쌤까지 앉아 계셨다. 모두가 흐뭇한 표정으로 나를 응원하고 있었다.

스크린이 바뀌었다.

"초1 참가자: 강선우, 연주곡: Oooga Booga Boogie 학교 가는 길."

나는 크게 심호흡하고 피아노 의자에 앉았다. 아뿔싸! 다시 또 첫
음이 생각나지 않았다. 어제는 도형이가 첫 음을 쳐주었지만, 오늘
나는 혼자였다. 내 옆엔 도형이가 없었다. 어제 도형이와의 연주를
떠올리며 악보를 떠올렸다. 이제 난 혼자 일어서야만 했다. 선율이
다시 내 머릿속을 흐르기 시작했다.

난 힘차게 건반을 치고, 페달을 밟으며 연주하기 시작했다.몇 번
의 건반 실수가 있어도 당황하지 않고 끝까지 연주해냈다. 어제의
도형이가 다시 내 옆에 앉아 나의 "학교 가는 길"을 응원하고 있는
것만 같았다. 연주는 씩씩하게 끝냈건만 연주를 끝내고 나니 막상
부끄러움이 밀려와 어정쩡한 인사를 한 후 후다닥 무대 뒤로 내려
갔다. 관객들은 웃음을 터트리며 박수를 쳐줬다. 나는 그렇게 일상
으로의 한 발을 내디뎠다.

이 땅의 모든 강선우와 은도형을 위해 "Hurray!"

작가 에필로그

나는 드라마 PD다. 여자 드라마 PD가 거의 없던 시절 드라마부서에 입사한 나는 아이를 낳겠단 생각이 1도 없었던 독신주의자였다. 이야기가 좋고 드라마 현장이 좋았던 나는 아이러니하게도 결혼했고 아이를 낳았다. 역시 세상은 계획대로 흘러가지 않았고, 난 드라마보다 더 드라마틱한 삶을 살고 있다.

선배 연출들은 아이가 생기면 펼쳐질 세계를 이야기했다. 내가 만드는 드라마보다 수백 배, 수천 배의 기쁨, 슬픔, 고통, 성장의 세계가 펼쳐진다며 반드시 아이를 낳으라는 충고를 했다. 내가 그리는 드라마의 세상이 180도 바뀔 거라고 호언장담했다. 당시 내가 알기론 아이를 낳은 여자 드라마 연출이 없었기에 그런 남자 선배들의 충고가 전혀 와닿지 않았다.

"그래서 선배들이 직접 낳고 기르셨습니까?"

아무도 대답하는 사람이 없었다. 어찌 됐든 인생은 모두 계획한 대로 흐르지만은 않기에 어느 날 자고 일어나 보니 난 아이를 키우고 있는 엄마가 되어 있었다.

엄마가 드라마 PD인 아이는 엄마의 드라마가 시작되면 감사하게도 물만 주면 알아서 자라는 콩나물처럼 엄마를 찾지 않은 강한 아이가 되어 무럭무럭 자라난다. 아이를 키우는 일이 콩나물 키우기와 비슷하다고 생각한 나의 오만이 결국 부메랑처럼 돌아왔다. 일하는 엄마를 찾지 않고 씩씩하고 건강하게 자라나던 아이가 아프기 시작했다. 심지어 한 번의 수술이 아닌 여러 번의 수술을 하고 장기간 병원에 입원하게 됐다. 말 그대로 소아병동의 터줏대감이 되었다. 8년간 아이를 콩나물처럼 키운 워킹 맘의 부채감이 봇물 터지듯 밀려왔다. 계속되는 염증으로 여러 번의 수술을 하면서 세상이 무너진다는 부모의 마음을 경험했다. 8년간 엄마 노릇 못한 걸 모두 갚으라는 시간 같았다.

아이는 고통스러운 시간을 생각보다 너무나 씩씩하게 견뎌냈다. 어른도 견디기 힘든 수술과 병원 생활을 나보다 더 의젓하게 견뎌내는 아이를 보며 내가 오히려 배웠다. 병원 생활이 길어지면서 어느덧 우리는 한 팀이 되어 슬기롭고 즐거운 병원 생활을 위해 나름의 하루를 보내고 있었다.

끝나지 않을 것만 같은 아이가 결국 완치되어 일상으로 돌아왔다. 병원 밖의 하늘과 바람과 햇살이 이토록 아름다운 것임을 처음으로 알았다. 집에서 막 차려 먹는 한 숟갈의 밥이, 휠체어나 링거

없이 건강하게 걸을 수 있는 한 걸음이 이토록 소중한 것인지 몰랐다. 삶의 본질과 의미의 순서가 송두리째 바뀌었다. 아이는 정말로 내게 드라마보다 더한 드라마를 선물해주었다.

병원에서 만난 아프지만 강한 아이들과 보호자들, 의료진들 모두가 생생한 기억으로 남았다. 아픈 아이들을 보는 것만큼 슬픈 일은 없다. 어른이 아프면 알아서 견디지만 너무나 천진난만한 아이들이 아픈 모습을 보는 건 대신해 줄 수가 없기에 더욱더 아프다. 아이가 끝이 안 보이는 수술들을 하고 있을 때 이런 이야기를 들은 드라마 연출 선배가 말했다. 다른 이야기를 하지 말고 그 이야기를 써보라고. 아이가 입원하고 있는 동안 아이가 잠들고 나면 노트북 근처에 작은 등을 켜고 글을 쓰기 시작했다. 늦은 밤 여전히 불 켜진 복도 끝 아파트의 불빛, 창문 밖 반대편 병실과 교수 연구실의 불빛이 말 없는 응원을 보내줬다. 한결 편해진 아이의 숨결이 선우를 만들어냈고 도형이를 만들어냈다. 아이가 퇴원하며 소아병동의 이야기를 마무리할 수 있었다.

아이가 아프고 나서야 새로운 세상이 보였다. 분명 아이가 내게 준 것은 드라마 여러 편을 만들면서도 얻을 수 없었던 감정과 경험이었다. 비로소 어른이 조금씩 되어 가는 것만 같았다. 이 글을 쓸 수 있게 빛을 밝혀준 CJ 오펜 김지일 센터장님과 드라마 제작사

"풍년전파상"의 이태곤 선배님, MBC 씨앤아이 최창욱 부사장님, 김정호 국장님, JS픽쳐스 이진석 대표님, 베티앤크리에이터스 박지영 대표님, 타이거스튜디오 김영섭 대표님, 바른손씨앤씨 서우식 대표님께 감사드린다.

현재 소아병동에 있는 아이들과 아픈 아이를 둔 부모들에게 작은 위로가 되었으면 한다. 아이들은 진실로 강하다. 아이를 버티게 하는 것은 부모의 무조건적인 지지만이 아니었다. 부모보다 강한 아이가 스스로 버텨 낸 것이고, 그 부모를 버티게 한 것이 아이였음을...